李方◎著

传奇

——李方微小说精选集

四川大学出版社

项目策划：段悟吾
责任编辑：杨　果
责任校对：宋科颖
封面设计：黄佳影
责任印制：王　炜

图书在版编目（CIP）数据

传奇：李方微小说精选集 / 李方著 . — 成都：四川大学出版社，2019.8
ISBN 978-7-5690-2989-5

Ⅰ．①传… Ⅱ．①李… Ⅲ．①小小说－小说集－中国－当代 Ⅳ．① I247.82

中国版本图书馆 CIP 数据核字（2019）第 173475 号

书　名	传奇——李方微小说精选集
	CHUANQI——LI FANG WEIXIAOSHUO JINGXUANJI
著　者	李　方
出　版	四川大学出版社
地　址	成都市一环路南一段 24 号（610065）
发　行	四川大学出版社
书　号	ISBN 978-7-5690-2989-5
印前制作	四川悟阅文化传播有限公司
印　刷	成都市兴雅致印务有限责任公司
成品尺寸	145mm×180mm
印　张	6
字　数	101 千字
版　次	2019 年 9 月第 1 版
印　次	2019 年 9 月第 1 次印刷
定　价	35.00 元

◆ 版权所有 ◆ 侵权必究

◆ 读者邮购本书，请与本社发行科联系。
　电话：(028)85408408/(028)85401670/
　(028)86408023　邮政编码：610065
◆ 本社图书如有印装质量问题，请寄回出版社调换。
◆ 网址：http://press.scu.edu.cn

四川大学出版社
微信公众号

目录

C O N T E N T S

001	麻雀
007	高炮点
013	客
019	穷人
025	蔬菜店里的小刘
030	素面
034	电影
039	垂钓者
044	毛驴

050	亲家
054	陵园
058	潜逃者
061	老梁同志
066	苏同学
071	后遗症
077	父子
084	杨秀才
088	该死的笊篱
091	老两口

096	韭菜
101	红根
108	榆钱
115	葵花
124	生氽面
130	荞面油圈
137	清顺城
142	写作者
152	传奇
161	绝交

166	斯文
171	执着
176	音乐家
181	**后记**

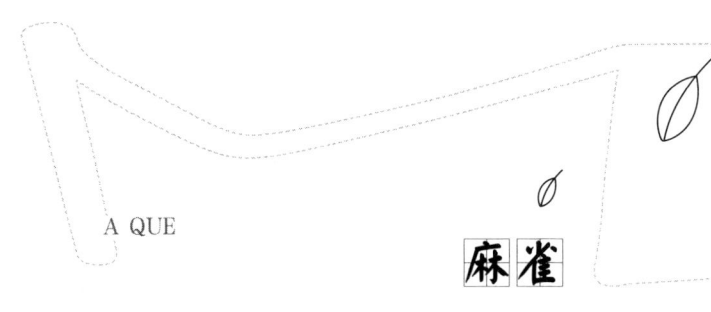

A QUE

麻雀

没有树木的村庄是不多见的。

人们决定在这个地方住家了,就选一块平地,拉土垫高,夯实地基。房子要坐北,朝南,向阳。十二根连板椽[1]左右各六,将湿黄土夹紧用杵子筑起来,那就建成了院子。日子不紧不慢地过起来了。等到春暖秋凉,手头上消停了,当初取土打院墙掏成的壕沟,人们怎么看都不顺眼,于是把钻天杨的苗子,新疆杨的苗子,杏树、李子树的苗子,或者就是粗身歪脖子的柳树的枝条,满土壕乱插。

竟然都活了。

过了几年,枝繁叶茂起来。许多树在人不注意的时候长得超过了房脊。整个院子被各色的树围了起来。尽管房子已经显出些陈迹来,但从外面看,呈现出的仍然是欣欣向荣的景象。墙与墙

---

[1]连板椽:西海固地区打墙筑院用的一种工具,由十二根椽子用绳索、夹板串连起来的工具。其作用是将散土夹起来筑打。

李方

相连,树与树相接,整个村庄,都掩映在绿树底下。夏日的黄昏,晚炊的烟气从树空隙中钻出来,弯弯绕绕地在树顶上缠绵,弄出一派朦胧的吉祥意味来。人从田地头回来,把锄倚在墙上,把身子靠在树上,卷一根旱烟抽两口,满耳朵都是鸟声。

人就轻松了。

这个村庄里最多的是麻雀。

在屋檐下自己搭窝过日子的燕子当然是种受人欢迎的鸟。父母要求孩子不能用弹弓打燕子,也不能踩着凳子拆燕子窝。据说燕子在屋檐下垒窝是这屋子主人的福气,这就比较好理解了。没有人会傻到将福气打飞或拆散的地步。还有一种受欢迎的鸟是喜鹊。站在院外杨树的高枝上,喳、喳、喳地叫,这预示着有亲戚将到。秦腔折子戏《拾黄金》里有这样几句台词很有名:"喜鹊喳喳叫,定有喜事到;喜事我知道,不用你报告。扇远[1]。"但凡热爱秦腔的人,都会说这几句。办喜事过大年都要贴窗花,窗花款式中"喜鹊弹梅"是必有的,而且容易出效果,能显出一派土得掉渣的洋气来。

---

(1)扇远:即飞远。扇远为方言。

公认讨人厌的鸟是乌鸦。《乌鸦喝水》里的乌鸦很聪明，懂得用石头填充空间将水挤上来。一般的孩子是想不出这个办法的。但《狐狸和乌鸦》中的乌鸦又显得很愚蠢，听了几句奉承话就将到嘴的肥肉丢给了老狐狸。当然这也不能全怪乌鸦太愚蠢，而是老狐狸太狡猾了。遇上那么狡猾的老狐狸，别说是乌鸦，就是人，上当受骗的肯定也不在少数。人们真正讨厌的是乌鸦的叫声：刺耳、难听、恐怖，和死亡有联系。乡村中的少年也用乌鸦戏弄别人。问：乌鸦啥嘴？答：红嘴。意思是说：你和你媳妇同岁。问：乌鸦啥嘴？答：乌鸦黑嘴。意思是说：你和你媳妇搭腿。这使乌鸦嘴的颜色也变得可疑起来。

但人们却很难界定麻雀的好坏。

成群的麻雀跟蝗虫是差不了多少的。麻雀落到糜子、谷子地里就不见了。只看到糜子、谷子像被清风吹过一样不停地摇摆。假如这时人们大吼一声或者向田地中央扔进去一块土疙瘩，"轰"地一声，就会腾起一片灰云。

这样遭受损失的粮食不在少数，不全是麻雀吃掉的，更多的是麻雀落到成熟的糜子、谷子上用爪子将饱满的颗粒弹掉的。

人们对此采取了许多措施。扎草人，挂破草帽，再穿上随风飘舞的鲜艳衣裳，但作用不大。过不了几天，草人上也落满了麻雀。逮鹞子，训练好了，专门放出去擒拿麻雀。但麻雀也是比较灵动的飞鸟啊！你在这块地里放鹞子，它飞到另一块地里去，跟你打的是游击战。对付麻雀最有效的办法是让半大小子拿着弹弓成天守在地里，连吼带打击，不让它降落。我半大小子的时候干不了别的，每年暑假里就专干这个挣工分。那时我满身都是口袋，口袋里装满了拇指大的小石子，因此口袋经常被磨破，但也把靶子练准了。原本每天都会拿一串死麻雀到队长那儿去摆功，但队长只夸不奖，还把战利品收缴了。他在死麻雀外面裹上稀泥，放到砖瓦窑的火炉里烧熟了，吃得满嘴流油。我学到了方法，就不再拿去邀功请赏了，而是在野外点火自己犒劳自己。我也馋得舌头上淌河呢。有一年我还在糜子地里发现了好几窝秋香瓜。于是我就天天去看，看着瓜皮由青变绿，又由绿变黄，即使尿憋急了也要撒到瓜蔓根上，最后终于瓜熟蒂落。但我只吃到了两个，其他的都让野狗吃了。

狗比人的鼻子灵。

等到我结婚住到岳母家的时候，麻雀已没有我半大小子那时候多了，但还是可以成群的。

岳母家的院子周围同样长满了树，招鸟。岳母一家搬到城里去以后，往年收的糜子都堆在一孔土窑里。土窑是有门的，但为了通风，在窑顶开有哨眼，麻雀可以从那里飞进飞出。

每天我从学校回来，老婆就挺着大肚子（那时她已经怀孕六个月了）神秘兮兮地对我说："进去了。大概有几十个。还没有飞出来。"

其实她大可不必那个样子。人说话，鸟怎么听得懂呢？

我就用草团把哨眼堵塞，断绝麻雀们的后路。背上挎包、拿上手电筒，一闪身进了窑门。开始抓捕。

鸟翅扇起的尘土到处飞扬，在手电筒有限的光晕里，那些惊慌失措的麻雀往来冲突。有时候会猛烈地冲击到脸上，碰得生疼。而把麻雀捉在手掌里的时候，我能清晰地感觉到透过茸茸的鸟毛传递出来的心跳和经过剧烈飞翔从而变得微热的体温。

最多的一次我捕捉到了一百五十只。

我把麻雀肉用清水漂洗过，剁成小块，红烧了两盘。老婆不吃。我自己吃了一盘，还喝了两口小酒，就成神仙了；另一盘送给了学校里的好友。他们全家是不是都吃了，我不清楚，但盘子没有还回来。

现在我们住在城市的一小套楼房里,儿子透过玻璃窗望着外面时常常口里漏着风问我:"啪啪,悄悄悄……"。

我知道儿子说的是:"爸爸,鸟鸟鸟……"。

儿子是兔唇。老婆常常找理由推卸她的责任,说:"我怀着娃娃,你整天几十几百的往死里整鸟儿。"

我也会推卸责任。说:"我整的是麻雀,又不是兔子。"

不过,我心里想:有机灵的麻雀说给兔子精让它报仇,我又有什么办法呢?动物之间说话,人怎么会知道呢?

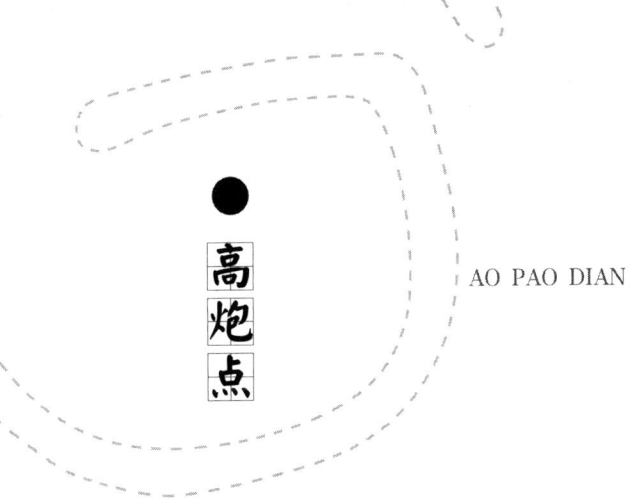

高炮点

AO PAO DIAN

村子的东面紧挨着的是公路,运送炮弹是相当方便的。这也许是把高炮点定在这里的理由之一,而且应该是很不错的理由。

然而北面不到二十米就是农户,挨挨挤挤一大片。西面是中学。学生老师课余站在操场上,目光越过低矮的土墙,就能看到向南挺立着的高射炮的炮筒。从安全的角度考虑,这是不妥当的。

炮位离人群太近了嘛!

为什么当初把高炮点定在这儿,现在已经很少有人追问这个事情了。而一旦事实既成,要改变起来就难了。

李方

现在的人们都有很强的法制观念和权益观念。动不动就要个"说法"。房子建得高一点挡住了阳光都不行，还别说把这样一个"危险"的据点"栽"到这儿了。

但当初人们对高射炮是相当有激情的。因为大家知道这门高射炮是有功劳有来历的，它曾在朝鲜的无名川射下不少架美国佬的飞机。战争结束后，它同无数复员回乡的志愿军战士一样，也退役到乡村里来了。它的本行没变，还是射炮弹，但性质变了，不再是打飞机，改打冰雹了。

西海固的庄稼人把冰雹叫"冷子"。雨自然是缺少的，但下冷子的机会每年都会有那么三五起。噼里啪啦砸下来，单薄的庄稼是承受不了的，细皮嫩肉的瓜果也会千疮百孔。同时损失的还有锅碗瓢盆。因为上年纪的老人和妇女们普遍认为，下冷子的时候把擀面杖、切菜刀和锅碗瓢盆扔出去，可以阻止上天这种野蛮、要人命的做法。

但这样往往没有效果。

各个乡村都配备有土炮，类似于日本人的小钢炮，一杆炮筒朝天，两个支架撑地，全都立在土墙圈起来的"雨炮房"里。只要黑云翻滚，红云狰狞，点燃炮弹就轰。

打土炮是相当危险的一项工作。有时候炮弹捻子点燃了丢到炮筒里却并没有把炮弹射上高空中去,反而在炮筒里爆炸了,巨大的能量将炮筒的某一截"拘"成了一个圆疙瘩,这个炮筒就废了,只能被锯断,挂在乡村小学的屋檐下,成为被敲打的"钟"。所以西海固人对那些把事情办砸了或者把事情做得出了格的人都会说:"你把炮'拘'得叭地一下。"

可见方言土语都是有来历的。

有些没有了火药捻子的炮弹就交给李成文去处理。因为他既是炮手,自己又有一杆土枪经常在野地里撵着打兔子,非常需要这东西。

但还是有废炮弹落到半大小子的手里。小子们自然会胡整。有一次点燃了的火药冲上来,使原本模样长得很周正的俊小伙跃进瞬间变成了面目全非的"瞎眼子跃进"。

这是很令人难过和遗憾的事情。

土枪变成了洋炮。人们对高射炮的热爱是很自然的。人们像是给自己修庄打院一样热情高涨。平地基,盖房子,筑院墙,拉专线,装电话,将高射炮安置得舒舒服服。

各村的土炮没用了,"雨炮房"也毁掉了,炮手们被招到县上去集训练技术，操作高射炮了，全都是一副大干部般的神气。像李成文，训练得出了汗也不再用衣服袖子胡乱抹了，改用白羊肚手巾很斯文地擦了，上茅房也得提前做准备找手纸。

集训回来，炮手们都穿没有领章帽徽的军服。十个人分为两个单元，射手、填弹、操作转盘各一人，另两名搬运炮弹，就这样整天在师生和村民们的眼里奔腾跳跃，折腾得尘土飞扬。他们的眼睛，更多地望着苍穹，眼神里有一种蔑视和期待。

但天上没有云彩。

机会很快就来了。

那是傍晚，山雨欲来，黑云压顶。

炮长赶紧打电话向兰州军区请示可否开炮？

回答是个问句："下冰雹了没有？"

回答说："冷子还没下。"

答复："不能开炮。"

等到冰雹砸下来再打电话，公社书记也来了。这才得到"没有航班通过，可以开炮"的命令。

风狂。雨猛。冰雹大。高炮点的人全部出动，往来奔突。咬着牙忍着冰雹的击打，踏着泥泞搬运炮弹。转盘手每发射十发炮弹就将炮口方向转十度，很有战斗气氛。但射手却闭着眼睛发射，根本没有瞄准。当然也用不着瞄准，满天都是乌云，没有打不中的道理。五发一组，五发一组，火红的炮弹像排列整齐的队伍急速地钻进黑云里，然后才听到不大真切的爆炸声。

尽管狠命儿打了一气，部分地方还是受到了很严重的雹灾。群众对高炮的威力也有了怀疑。炮长解释说："如果还没下冷子的时候就打，受灾面积肯定不会这么大。但没有兰州军区的命令是不能开炮的，万一打着了飞机怎么办？"公社书记很生气，对炮长说："以后再遇到这种情况，你就给我打！万一打着了飞机怎么办？说实话，你们还没有那么准的靶子。"

站着说话腰不疼。他说完话拍拍屁股走了，万一真出了事还不是炮长蹲大牢掉脑袋？炮长人也不傻，以后打电话请示，下没下冰雹都说："下冷子了！鸡蛋大的冷子。"得到命令就开炮。

孙先生那时候在中学高中部里教语文。课讲得好，对学生也特别严厉。

孙先生正上着课，就下冰雹了，高炮点上炮手们开始嗵嗵嗵嗵持续不断地疯狂向天空射击。别的班老师学生都停了课跑出教室来站在屋檐下看，他照讲不误。学生正出神地望着窗户外排着队火红而急速飞翔的炮弹,孙先生问:"这句话的意思是什么?"学生连哪句话都不知道,怎么回答?孙先生大怒:"是炮弹!"

即使先生是如此的严厉,乡村高中的学生也开始了青春的萌动。晚自习之后,越墙而出,溜到高炮点土壕里约会的大有人在。

可惜孙先生在调到须弥山文管所一年后就遭遇车祸身亡了。但他用炮弹壳截成的笔筒还在。那是他用一根香烟的贿赂向高炮点炮长索要的。

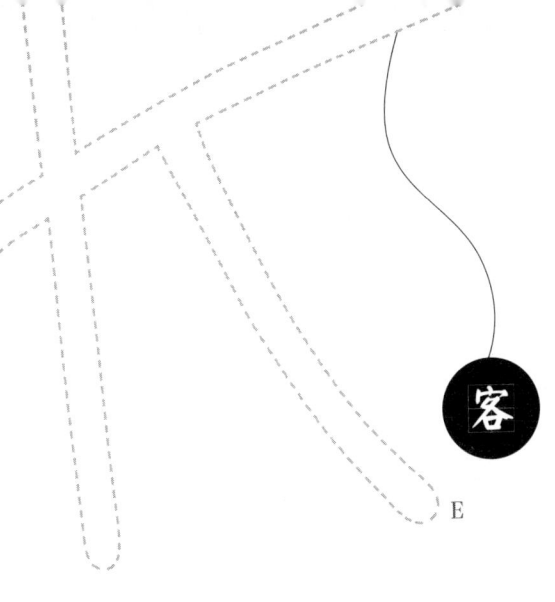

西海固的历史上,匪患一直不绝,尤以民国时期为甚。零零星星,打家劫舍的匪徒不算,光是啸聚山林,能攻城掠县的大匪帮就有四五股。

匪患不绝,这是令百姓害怕、朝廷头疼的事情。

清剿土匪当然得依靠正规的军队才行;躲避是大户人家和小老百姓不得已而为之的行为。围剿而不能绝其根,便筑寨驻军,镇守。官府在面子上似乎可以说得过去了;躲过了初五还有十五,老百姓也得想个长久之计。因而,遍地耸立起寨子、堡子,就不足为怪了。

李家堡子、赵家堡子、王家堡子、

祁家堡子……一望而知是大户人家筑起来以保平安的。时间长了,叫顺口了,就成了庄名了。

但像黄土堡这类大堡子,却不是大户人家所能筑得起来的。黄土堡从宋英宗时期就开始修筑了。那是因为宋要跟西夏打仗,并不关土匪什么事,所以宋神宗为这里赐名"平夏城"。宋徽宗大观二年(公元1108年)扩修,设怀德军。到了明代,堡筑平川,面积扩充到五十六万平方米,城高一丈,墙宽九米,四面开门,各筑马面,南北各有瓮城一座,四周深沟环绕。

基本上是一座城池了。

我小的时候就在这座土城里住。城内实际上住着很多的人家,他们都很贫穷,盖不起房子,就掏城墙作窑洞。但也掏不深,城墙筑得太瓷实了。所以全都是忙上炕,锅头连着炕。

那时候城内的土地已经开垦出来种糜子了。

很不错的糜子。生长的时候绿汪汪一城;成熟的时候金灿灿一片。公社的头头脑脑都喜欢来这城内的糜子地里转悠。在城墙上走一走,到庄稼地里摸一摸,很是悠闲自在公事公办的样子。县上来了领导也多领到这儿来参观。有那么一回,书记还穿着衬衫戴着草帽在夕阳西下的时候站在齐腰高的糜子中间照过一张相。后来我看到毛主席在庄稼地里拍的那张照片,想书记的那张照片恐怕和这不会太像。因为毛主席是站在谷子地里,而他是站在糜子地里照的。

谷子糜子总是能让人一眼分清的。

黄土堡里接连种了三年的糜子。

开春播种的时候,书记、社长都来了。

社长对书记说:"庄稼不能这样连着种,得倒茬。"

书记说:"怎么倒?"

社长说:"倒茬如上粪。豆茬倒麦茬,结得像疙瘩。先种一茬豌豆,再种一茬麦,第三年再种糜子。"

书记背着手:"转着头说,你以为光你知道几句顺口溜,懂得种庄稼?我也懂几句:'荞种三年没棱棱,燕麦三年没铃铃。'不就是施肥嘛。狗粪荞,羊粪麦,洋芋喜欢炕土灰。这城墙几百上千年,老陈土比大粪还厉害。"

一旁耕作的社员们听得哧哧笑。暗说:"两个领导都是能豆豆。"

其实大家都知道,两个领导在闹别扭。

和我家住隔壁的张芬莲那时候在公社灶上当炊事员。也没见张芬莲怎么漂亮过,就是一身旧衣裳洗得干净些,临出门用清水将头发抹得光一些,人走过去了留下来几丝很不好捕捉的雪花膏味。

有一回县上领导来了。来了就来了,也没有什么大不了的。那时候县上领导经常来。他们都坐吉普车,穿条绒鞋,而且蒙两脚尘土。可是那次错过了吃饭时间。那时候又不像现在,到处都是饭店,遍地都是茶庄,错过了集体灶上的吃饭时间更好,因为有更好的地方可去。没辙了,带到张芬莲家里来了。

县上的领导和书记都坐在主窑里谈工作,社长忙出忙进提开水倒茶,跑出去找鸡蛋,钻到做饭的窑里去啪哒啪哒拉风匣烧火。做好的鸡蛋面片子很快地端上来了。县上的领导说:"社长,你也过来吃嘛。"社长客气道:"你们吃你们吃。你们是客嘛。在这儿我算是半个主人嘛。"书记看张芬莲不在窑里,突然停住了碗筷,很沉静地说:"你怎么能是主人呢?你也是客嘛。"

窑里的人笑得喷出了嘴里的饭。但社长却在心里憋上了气。

社长说糜谷麦三茬倒,书记偏要连种三茬糜;社长说必须施三料磷酸钙,书记说放倒城墙打碎磨细上到地里比大粪还厉害。

到底是书记说了算。寒冬腊月没别的事干，就集中社员挖城墙，把城内折腾得土雾弥漫。一会儿这儿挖出几根人腿骨，一会儿那里铲出几枚生了绿锈的古钱。到下午，社长领着县文教科的几个文物专家来了。专家收去挖出的钱看了看，说不能再挖了，才停工。

社长把书记弄住了。

过了没三天，又重新开始了。书记说："钻炮眼，填炸药，轰。都是帝王将相的孝子贤孙。固原有名没有名？三边总镇砖包城，还不是城墙挖了当大粪，青砖拆下来修了防空洞？"

社长没辙了。

可是放炮炸死了一个人，书记受了处分，算是又将局面扳平了。

书记社长两个人一直在黄土堡折腾到退休，既没有升也没有降。令人百思不得其解的是县上从来也没有考虑过将两个人调离开。

大官小官，退休了都是个老汉。就是成了老汉，仍然是对手。两个人又在黄土堡集市的棋摊子上争扯了好几年，才先后入了土。

1988年，黄土堡被宁夏回族自治区列为区级文物保护单位。近年来旅游业热了起来，到黄土堡古城观光游览的人也多了起来。

但说实话,看是看不到什么了,只剩个城墙的样子了。

但这些匆匆过客在发完一通思古之幽情后就离开了,好像也没有什么不满足。

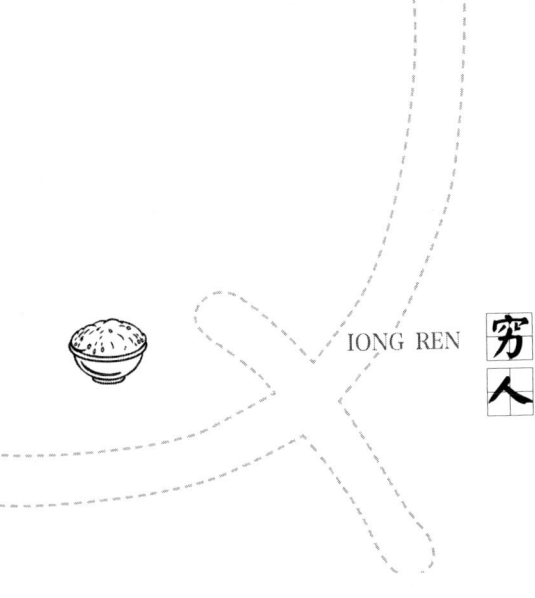

穷人

IONG REN

我从教育系统调入行政机关后,视野宽了,接触的人多了,相对而言,在家里吃饭的时候也少了。

我在外主要是应酬。和别人胡吃海喝,再讲一大堆无聊的荤段子傻笑一番,然后醉醺醺地摇摆着回家。

黑灯瞎火。老婆孩子不出声地睡着。

我斜躺在沙发上,眼前浮现着刚刚享用过的那整桌的美味佳肴,有个问题就冒出头脑,压都压不住:这娘俩晚饭吃的是什么呀?

大不了是芹菜豆腐洋芋蛋啊!

李方

可惜了那满桌几乎未动筷子的好东西了。

该说的话说了,该办的事办了,烟也抽得够呛,酒也喝得头晕,这顿饭也就吃好了。现在的人嘛,谁在乎一顿饭呀。强调的是摆谱,讲究的是情调,攀比的是档次。菜没动就对了,主人把心意尽到了嘛。

再怎么说,这娘俩总没有饿肚子啊。

这世上还有多少人没有饭吃呢?

没有一座城市会没有穷人。不管它是多么的发达和富裕。只不过穷人的数量多少和存在方式有所不同罢了。

固原自然不可能例外。

记得刚到行政机关,去西山里动员贫困户搬迁。那叫真贫困:一孔窑洞钻进去,土锅台连着土炕。锅里是半锅冷洋芋,炕上是半片破毛毡。全部家当值不上五十元。

领导说:"搬到大战场,啊,就算是到了中宁县了。有黄河水灌溉,起码顿顿有大米白面吃啊。"

主人咧着缺了前门牙的嘴,嘿嘿笑着:"顿顿有大米白面吃?哄鬼去吧。天下没有那么好的事情!"

你说一桌饭一头牛,屁股底下一座楼,他也不害怕。他没有那么丰富的想象力,他不相信,他害怕什么。

但城里的穷人就跟山村的穷人有些不一样了。

固原城里有一家穷人,几乎全城的人都认识。

他们有一辆架子车。架子车的两边把子上,绑着几根钢筋。还用塑料布呀,蛇皮袋呀,广告布啊,旧衣裳呀什么的,围了一个圆顶的棚子。棚子的里面,装着锅碗瓢盆。当然也睡着他们的儿子。每天,他们把这个"家"拉到邮电大楼的门前。将"家"安顿好,男人就把儿子从"家"里接出来,逗着玩;女人就掏出红袖章套上胳膊,坐在光洁照人的台阶上,笑笑地看着他们父子俩。

谁都知道这家人是邮电大楼前看管自行车和摩托车的。每次出来,停车的人都自动交给女人五角钱。女人从来不主动去讨要。不像许多地方干这个事的人,两眼盯着走出门的人,看到你往车子跟前走,他也若无其事地向车子跟前走,生怕有人不自觉地骑着车子逃掉。

更多的情况下,女人会跟将要推着车子走的人谈话。

"你在哪个单位工作?就是,我一看你就是在好单位上工作的人。"

别以为她穷她就不会恭维人。

"最近忙得很吧?好长时间没见你来了。"——跟你很熟悉的样子。

"算了算了,没有零钱就算了,赶紧忙工作去吧!"——多么善解人意。

"我看你的脸色有些不太好,到医院看看吧!"——这不关心你嘛。

从来没有听说有人在邮电大楼门前丢过自行车或摩托车。

天阴天晴,风里雨里,一天过去了。邮电大楼的卷帘门哗啦哗啦地拉下来了。男人把儿子放进"家"里,夫妻俩拉着他们的"家"和儿子走了。

没人问过他们到哪儿去。

一场秋风一场寒,黄叶铺满了街道。彩旗和花灯都挂出来了,忙着庆祝元旦了。时光总是这样匆忙,又到年底了。

夫妻俩就移动着他们的"家",到一些大单位去"收账"了。

男人在楼下守着"家",女人牵着儿子上楼去找领导。

女人说:"给你们单位看了一年的车子了,如今到年底了,把账结了吧。"

领导瞪大眼睛说:"什么时候雇你看车子了?出去出去。"

女人就出去了。但很快就拉着这单位上的几名职工又到领导房间里来了。说:"这是你们单位上的职工吧?你问问他们,他们到邮局发信交电话费我从来就没有收过他们的钱。你是领导,总不希望我把这事说出去吧?"

哪个单位的领导愿丢这个人?一百二百赶紧给。发票就开打扫卫生。

光脚的不怕穿鞋的,所以也要到县长那儿去了。

县长说:"邮局就在隔壁,通讯员发信都是走着去的,要啥看车费?"

女人说:"你是爹妈生养的,我也是我爹妈生养的,都是个人,那你给我说说,凭啥你当县长,叫我看车子呢?"

县长哪能说得清这个问题。

办公室主任知道这女人,为"低保"的事情没有少缠他,所以赶过来,掏出张伍拾元的票子塞到女人手里。说:"这是五十块钱,拿上快走。"

女人站着不动,眼神专注地看着县长说:"主任都给了五十,我不信县长就这么让我走了。"

县长苦笑着掏出张壹佰元的票子,算是保全了面子。

"势量(低估)啥也别势量人。你别看我这个儿子现在直淌鼻涕。我给你说,淌鼻的娃娃有出息,长大说不定跟你一样也是个县长呢。"

女人一手捏着钱,一手摸着她儿子的脑袋下楼去了。

然后,三口人,还有那个"家",一齐都到邮电大楼那儿去了。

穷人的生存,是更需要策略和技巧的啊。

蔬菜店里的小刘

HU CAI DIAN LI DE XIAO LIU

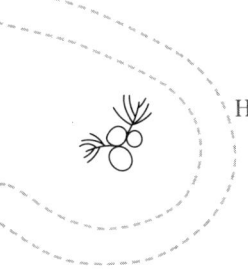

中山街和文化街相交的十字路口东南角,先前有一家国营蔬菜店,是商业系统开办的。这家店既没有起店名,也没有挂牌子。不像现在的店,不管经营情况怎样,也不管门面大小,先要起一个冠冕堂皇的名称,与死去多年早已腐朽的帝王将相沾亲带故为最佳。开业典礼的炮声最好让全城都能听得到。

  这家蔬菜店的开业是悄无声息的,门面也很小,是在平房临街的墙上开了一个长方形的窗口。营业的时候,把焊的铁窗向外打开,两边用铁条将窗子撑起来,就可以看到里面货架上摆放的蔬菜,摆得也不是很整齐。营业时间过半,货架上就这捆里抽两股,那捆里拽两根,干脆就零乱了。有些菜却从来就没有摆上去过,一直放在地上的筐子里,不把头伸进去根本就看不到。

  其实这儿卖的菜并不名贵。都是葱、韭菜、菠菜、莲花白、雪里红、洋芋、芹菜、小白菜等。正值冬春季节，这里却只有洋芋、大白菜和红皮白心的鸡大腿葱。那时候城郊的蔬菜基地还没有建起来，更没有塑料温棚，交通运输又不便捷，蔬菜的品种很单一，跟当时旧城大街小巷人们的服饰一样，都是灰溜溜一片。也许是光卖蔬菜收益不是很理想的缘故，蔬菜店后来变得名不副实了，也卖豆腐和鸡蛋。但从来没见这里卖过酱油、盐、醋和调料，也没有摆过烟酒糖茶，性质还没有变得太坏。

店里面有好几个营业员，大都是一副对顾客爱理不理的样子。县上的一位领导到学校去视察工作，见有位女教师不但人长得漂亮，工作也很优秀。领导临走的时候拍着女教师的肩膀说，年轻人，好好干，以后可以提拔你到商店去当营业员。所以这点优越感还是应该让人家有的。反正窗口外面的顾客挺多，拥拥挤挤，乱七八糟。

"二斤韭菜。二斤。多了多了，取掉些。"

"这芹菜连着根卖，光根上沾的土就有三两。"

"这小白菜蔫得连一点儿水分都没有了，还跟早上一个价？！"

"嫩得出水的那是小刘，你买不起！"这是营业员的一句话。

顾客朝蔬菜店里伸头一看，小刘果然没有在。

小刘在，那当然一切都好说。谁都愿意在小刘面前多待一会儿。但谁也不愿意被小刘挖苦一顿，或者让小刘瞪一眼。

蔬菜店窗户外面并不全都是等着买菜的顾客，比如中学里的高中生和他们还单身的老师，大、中专学校里三年级将要毕业的学生，更多的是一些在家里等待就业的青年。只要有时间，他们就会跑到蔬菜店里去看小刘。

学生们往蔬菜店里去的路上，打赌是必须的。一方说，今天小刘肯定在。另一方就说今天小刘肯定没有在。这样的赌是没有赌资的。如果小刘不上班，大家就会觉得很遗憾，很伤感，再提赌资就会有打架的可能。但后面这个赌有赌资。一方说，今天小刘肯定把衬衣的领子翻在外面。另一方说，今天小刘的衬衣领子肯定在外衣里面。输的一方，要出钱为每人买一颗西红柿，有时候是一根黄瓜。

小刘有两件的确良衬衣。一件白色，纽扣是黑色的，很小；另一件是粉红色，却钉着形状很别致的蓝色纽扣。小刘把衬衣的领子翻在外面的情况多一些。

刘祥生是个比较追求新潮的人，戴着一顶解放帽。不知是出于追求时髦，还是为了保护帽子，他用书纸编织成腰带状的一条纸链,衬在帽子里,所以帽顶很高。他听同学们谈论小刘如何如何,怎么怎么。他就想,一笔写不出两个刘字来,有别人看的,难道没有我看的?!

于是他就去看了。

这下看到眼睛里就"拔"不出来了。上课时间到了,他还趴在蔬菜店的窗台上不动弹。

蔬菜店里的小刘对别人不买菜而专看她这件事已经显得很平静了。所以低声对刘祥生说:"你是不是该去上课了?"

刘祥生这才脸红脖子粗地喘着气跑到教室门外喊报告。

老师语调沉稳地问:"干啥去了才来?"

刘祥生擦着汗,说:"睡着了。"

老师情绪激动地说:"你别再鼻子里插葱装象(相)了。你到蔬菜店里看小刘去了?对不对?!"

笑得满教室的桌椅板凳都快被大家拍得跳起来。

刘祥生叹息一声:"唉,我不活了!"就向教室的窗口扑去。

老师拦腰抱住刘祥生。气急败坏地说:"你干啥呢?你干啥呢?看了就看了么。我也去看过,又不是没看过。除过女生,大家都去看过。"

刘祥生就笑软了,就不跳楼了。

事后刘祥生说:"我是真想跳,不是吓唬老师。我一想到这辈子不可能娶上小刘,还不如死了算了。后来又一想,连老师都不可能娶上小刘,咱算什么呀。才不想死了。"

其实老师说的并不准确。很多女学生也都偷偷地去看过小刘。比男学生和男人更细致地观察小刘的一切。小刘对她们更有吸引力。小刘是她们以后生活中真正的老师。

今年夏天我在西湖公园门口见到了朴素的小刘。她守着一个冰柜,旁边是一个测量身高和体重的摊点,电脑提示音机械地说着"欢迎光临……欢迎光临……",这摊点是她同样下了岗的丈夫经营的。大街上是一条流淌的彩色的河流。无数靓丽的女子穿着超短裙光着大腿从小刘和她的冰柜面前走过。小刘眼巴巴地瞅着她们,希望她们能够停下来买她的雪糕,或者到她丈夫的摊点上去量一下身高和体重。而小刘的丈夫坐在一张矮凳上低着头看一本破杂志,对周围的一切都漠不关心。

但没有人停下脚步。

现在蔬菜店早拆除了,盖成了商业银行。南河滩菜市场里卖菜的城郊女子,也是涂着口红的。

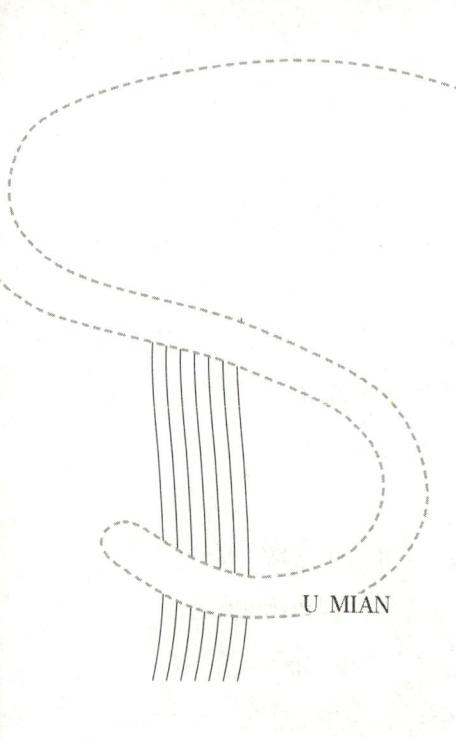

素面

U MIAN

洋芋是旧城的"普产",这是针对"特产"来说的。洋芋在哪个地方都有,只是叫法不同,曾经一度还是旧城人的"救命蛋"。所以洋芋就成了旧城人的主菜。政府实施"温饱工程",也把洋芋的种植作为重点。在旧城工作而老家在乡里的人,常从乡间的老家往城里的小家带洋芋。乡里人到旧城的亲戚家去,也多是带一口袋洋芋去。虽然礼不重,但也不丢人,亲戚也乐于接受。

洋芋的吃法很多。烧着吃:可以埋在炕洞里、炉膛里,乡里的野小子还专门垒出"土炉"把土块先烧红再把洋芋"闷"在里面烧;炒着吃:可以切成条、切成块、切成片,甚至于切成"豆";煮着吃:洗净了原模原样闷一锅,切成片也可以;蒸着吃:同样可以切成片或者原模原样放到笼里去。比较有特色的吃法是切成丝,拌上面,撒上调料,放在油锅里炸。名称是"土豆煎饼"。

取掉了"洋"而加上了"土",却显得洋气了一些。旧城各大宾馆饭店有售。本地人招待外地客人大都上这道菜。主人谦虚中略有些自得,说:"这是本地特色,尝一点。"又补充说:"洋芋这个东西怎么吃都吃不厌。"

最平常的吃法是"洋芋面"。上至政府官员,下至平民百姓,都爱来这样的一碗。先把洋芋切片,放在油锅里爆炒,倒入清水滚沸,把面片下进去煮熟,这道"洋芋面"就做成了。更简洁的操作是清水里直接下洋芋片,一直用温火炖,炖到水浊洋芋"面",把面叶下进去,开了锅,撒一把盐进去。

旧城是山区,不产大米,大多数人都是"面肚子"。但在学校的大灶上吃这样的洋芋面,那也是很麻烦的事情。要想炒了菜蒸了大米饭在集体灶上吃,也不现实,就常常炒了菜蒸馒头。师范学校只有在星期一和星期四的早晨吃洋芋面,所以这两天早晨打饭就显得格外拥挤。

冬天,学生就自己想办法吃面条。宿舍里还没有通暖气,生着火炉。星期天一大早,先派一个人把几个人的菜金收了去,到副食门市部里去买挂面。若资金有余,还可以再购盐、醋、酱。

把打菜的饭盆搁到火炉上当锅,煮挂面。

这样的"甜"面条也吃得稀里哗啦。

后来家住城郊的学生变得聪明了一些。让家里人炒了韭菜花,油泼了一些辣椒面,装在罐头瓶子里,拿到宿舍里放着。星期天的挂面就有了色香味。

宿舍里只有一座火炉,不可能让全宿舍的人都吃上挂面。

师范的菜金当时是每人每月22元,学校扣除20元发给学生菜票,另两元每月直接发给学生现金。这两元钱可以买牙刷、牙膏、抹脸的雪花膏、毛巾、袜子、手帕。有剩余,就星期天到中山街的"清雅餐厅"里吃素面。每碗贰角。

"清雅餐厅"里的管理不是很严格,顾客可以直接进去到操作间。下素面的通常是一位四十多岁的妇女。很高大,同时也非常肥胖。现在的男女都把肥胖看作是洪水猛兽,想尽一切办法来减肥。电视购物里有一大半时间在广告"安必信瘦得快""大印象减肥茶",等等。过去不是。胖,是富态,是福相。弥勒佛如果露出肋骨,那是要笑死人的。

非常高大非常肥胖的下挂面的妇女,镇定地站在一口大铁锅的前面,一只手里提着待下锅的面条,另一手执着一双特别长的筷子,两眼盯着锅里的水沸腾。"哗"扬起手,面条像水蛇一样钻入滚水沸汤里去了。紧接着,那双特制的长筷子就会跟下去翻搅和搜索。捞上来的面条有时候并不都很乖顺地曲曲折折地盘到碗里去,有一两条软绵绵地耷拉在碗边外面。遇到这种情况,她会用一根手指头,动作快得让人看不清地把那条不守规矩的面条"抹"到碗里去。最后,由一个男人给这碗素面浇汤。

汤是早就配好的,各种调料齐全,而且里面有"香菜",也就是芫荽。像一些绿色的勾人食欲的馋虫漂荡在素面的上面。有时候那个浇汤的男人会对那女人惊叫起来。说:"多了多了。面多了。只有两毛钱的面,你看你下了多少。"胖女人就低了声,像是求那个男人一样,说:"小声点,小声点。都是些学生娃娃,怪可怜的。"

浇汤的男人就不作声了,只是浇汤的动作粗鲁了一些,好些汤都浇到了碗外面。

"清雅餐厅"拆除后盖成了六盘山宾馆。素面肯定是不再卖了。但在旧城,不管你是多么高级的饭店,多么豪华的宴席,最后的一道主食,还是面条。要么是酸汤雀舌面,要么是米糊糊。现在要吃简单的面,遍地都是牛肉拉面,价钱却不便宜,汤面十一元,干拌十三元。

旧城里原来买票看电影的地方只有两处，都在南关街上。一处是盐业公司对面的电影院；另一处是顺坡向下走，靠近人民街的影剧院。开始影剧院比电影院占优势，一是建筑面积大，座位多，二是既可以放电影，也可以演秦腔，观众面宽。但后来的形势发展是影剧院比电影院衰落得更快。现在影剧院早已变成了健身中心。每天早中晚都有好多男女老少和着强劲的音乐节奏跟着台子上的教练伸胳膊踢腿。要想唱秦腔，看秦腔，只能到街头巷尾的"秦腔自乐班"去过把瘾。而电影院还是电影院。

记忆中那时候比较大的机关、学校、企业自己内部也放电影。比如军工厂、建筑公司、水泥厂、师范学校，都有自己的电影放映机。只是不知道他们放映的电影胶片是自己系统购买的，还是从旧城电影公司租借的。

驻地部队也有电影放映机。但没有银幕。营房的大操场上竖着相当高大的一面洁白的墙壁。平时不知道是作什么用的。放电影的时候就成了银幕。部队上的电影胶片却绝对不是从旧城电影公司租借的,而是他们部队直接送下来的。许多影片地方上还没有放映,部队已经放过了。老百姓还只是在私下云遮雾罩地纷传《少林寺》如何了得,焦急地等待着电影院宣传栏里刷出演出公告,部队营房的大操场上却已经在演出了,而且还给地方上的一些领导和单位发了专门印制的"观看券"。营房大门的两侧站了三十多名战士既当礼仪队又当秩序维持员。结果礼仪没有了,秩序也没能维持好。因为没有"观看券"的旧城的电影痴迷者想冒充领导或被邀请单位的人进入营房大门。这些人从南河滩大桥涌到工人俱乐部门口,从俱乐部门口又涌到部队大门口,跟战士们发生了冲突。有些狂热的电影爱好者趁门口骚乱,不顾禁令,从营房墙外的柳树上爬上去,翻墙进去了。

因此在二十年前,谁要说在电影院工作不是一个好职业,肯定会挨石凤花的耳光。

那时候石凤花还在文化机关里当干事。她的同学蒋明艳在电影院里当售票员。石凤花很羡慕。说:"明艳,你太幸福了。一天到晚看电影不掏钱。"

但蒋明艳很少给石凤花送电影票。因为管理制度太严格,私下给一张票,票钱就得蒋明艳自己垫。当然那个时候人的思想意识也很纯洁,想不到以权谋私。

石凤花晚上没事干,就坐在售票房里看蒋明艳售票。

这个事儿电影院的领导可不想管。因为蒋明艳和石凤花两个都还是单身。花三毛钱买一张电影票,还没有看明星,先看了两位活生生的美女,连傻子都觉得划算。

《庐山恋》中张瑜穿了泳装上镜头,《少林寺》里李连杰大展"拳威",电影院售票窗内坐着两位美女。先是售票窗外面的窗台压塌了,没时间、没办法砌新的水泥台,于是装了铁的;后来是售票窗的玻璃几乎每天晚上都破碎。这就很危险了。不是划着买票人的手,就是割破售票员的脸,但有办法。用钢条把售票窗焊了,只留一只手能顺利通过的半圆形小洞,这就安全了。

石凤花对蒋明艳说:"明艳,你简直幸福死了。你一天到晚,要摸多少男人的手啊!"

蒋明艳说:"恶心死了!谁知道那些手都是干过啥的。我两个手指头只捏钱和票。谁也别想挨着我的手。你要想摸,你调过来整天摸么。"

一语提醒梦中人。石凤花疯了一样上蹿下跳,从机关调到电影院里来卖票了。

而且通过出售电影票摸手"摸"来了对象。

但电影院还是不可想象地衰落了下去。

旧城的几个电影院宣传栏里透露出来的信息是这样的。开始写"今日电影XXX";后来逐渐演变成了"故事片XXX";"彩色故事片XXX";"彩色武打故事片XXX";"彩色武打枪战言情故事片XXX";最后全成了"儿童不宜"!也就是镭射。镭射迎合了一部分人的心理。对成人恐怕也是"不宜"的。

再后来出现了个体录像室。最要命的是旧城又建了一座更大的影剧院。旧城有了闭路电视,电视上有了"电影频道"。个人有了家庭电脑。多媒体是可以播放光盘的。娱乐的方式太多了。遍地歌厅、舞厅、台球室、卡拉OK、桑拿浴、洗头城、网吧……

这时候别说是蒋明艳,连石凤花都"恶心"起来了。因为每一场镭射结束,她打扫卫生的时候,都会从地上扫出许多的卫生纸,从座位上"摸"到来路可疑的黏液。她对当初那样疯狂地调到电影院来已无话可说了。

除非有进口大片和集体组织观看反腐倡廉的影片,没有人再进电影院了。

前两年石凤花四处"拉下线"搞传销。传销取缔以后,很难再见到她的面了。

垂钓者

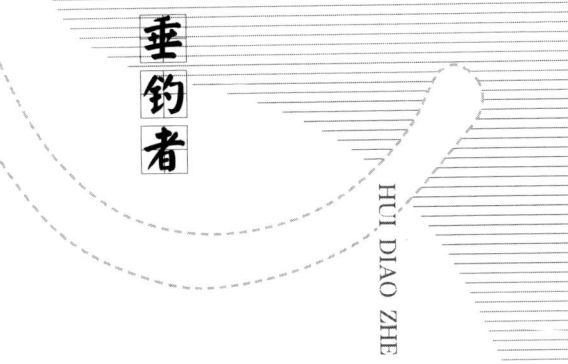

HUI DIAO ZHE

西海固是个十年九旱的地方。早先,一场风,从春刮到冬,中间夹杂三五场沙尘暴作"调料"。慢慢地,这里的生存环境大受威胁,人畜饮水都成了问题,几乎到了无法生存的地步。农村人嫁女,到男方家去看,不看房屋不问家产,只看有几窖水就知其家底。上学的孩子每人脖子上挂着一串青霉素小瓶瓶,一走路撞得叮叮当当响,你猜那是做什么用的?不是玩具,是盗水器。水贵如油,家家门户大敞,水窖却都是上锁的。但那窖盖,毕竟不严实,把这一串叮当乱响的小瓶子从缝隙里垂下去,提上来,水就喝到嘴了。

小孩子的生存智慧也是不可小觑的,他们已经读过书了,知道乌鸦喝水的故事。

西部大开发时,要退耕还林还草,不许牲畜上山,牛羊只能圈养,乡镇干部的主要工作是上山捉羊。有偷牧被抓住罚了款的,也有被没收了羊只的,都哭天骂地,免不了胡搅蛮缠一场。当然也有工作不力,被上级抹了官帽子的人。

十年过去,大有收成。山坡,慢慢

李方

地绿了起来；山沟，开始湿润、泛潮，有了一线浅流。

这并不是说这地方早先就没有河。

河是很多的。差不多有人的地方就有河。只是河里没有水而已，全是河滩，河滩里蓄满了白花花的石头。

大一点的河比如西面的葫芦河，南面的渝水河，东面的茹河，中间地带的清水河，都是西海固的重要河流。其中，最有名的是泾河。泾渭分明的泾，指的就是泾河；西游记故事中被魏征梦中斩首的老龙，就是泾河的老龙王；中国古代的柳毅传书，说的就是洞庭湖老龙的女儿嫁到泾河龙宫不堪忍受家庭暴力，才让柳毅传书的。

想想这样一个干旱少雨、贫瘠之地，竟然有这么出名的故事产生，多少给人一种精神上的安慰，也多少让人有一些自豪感吧。

有水就有鱼，有鱼就有垂钓者。

我的一个内弟就是个钓鱼爱好者。

他读书不行，勉强高中毕业，七戳八捣地参了军，因为有城镇户口，复员回来成了宝（鸡）中（卫）电气化铁路线上的一名火车司机。他在部队上是开卡车的，什么时候取得了火车司机的资格证呢？人世间的许多事，你没必要完全弄明白。就这么地吧，他开火车了，撞死了一头刚在田地里耕作完毕、跨过铁路准备回家吃草咽料喝凉水休息的老黄牛。虽然火车撞死了人，也是没有多大责任的，但毕竟是一场事故啊，就让他停职三个月。

就这三个月，他不舍昼夜、无可救药地爱上了垂钓。

一开始他都是跟屁虫一般地随着老把式到处跑，山溪、水库、渠沟、塘坝，哪儿都去，往往一去不归。使的渔具，也不讲究，就用自己动手制作的草杆子。有了两次狗屎运，扛回来几条大草鱼后，他才着手装备。

周日，难得地见到了他。

我抛过去一支烟，笑他："今天怎么没去水库上班？"

他抽着烟，沮丧着一张脸，说："昨天失手，损失大了。"

"大不了没钓着，有什么损失呢？"

"我借了人家的一副杆，还拿了我自己的草杆子，跑到西海子去夜钓。刚下好借来的杆子，正低头弄自己的杆子呢，一抬头，杆子被鱼咬了，带上溜到海子中间去了。西海子那么深的水，咋敢下水捞杆子呢？就那么地，让鱼把杆子带走了。哪里是鱼，纯粹是鱼精。"

"一副杆子能值几个钱？"

李方

"一万二。姐夫,有钱吗?借两个,让我先把人家的这副杆子还了。"

粮没打上,把口袋丢了。

我就是从那次开始,才对钓鱼有了点兴趣。

当然只是泛泛的兴趣,谈不上热爱。

男人应该热爱的东西多了。

经常去垂钓的地方是朝那湫。

朝那二字,不读朝那,读"祝挪"。是古地名。《诗含神雾》上说:"大迹出雷泽,华胥履之,生伏羲。"雷泽就是朝那湫,大迹就是龙神。《水经注·卷三》载:"高平川水,在水发源县西南二十六里湫渊。渊在四山中。湫水北流,西北出长城,北与次水会。"这个地方,战国秦汉时是国家祭祀的重地。

我到朝那湫,只是应景,看湖光山色,观四时之变,那鱼的有无,原不放在心上。内弟在侧,如泥塑铁铸一般,鱼没见钓着几条,香烟倒是吸了一条接一条。

这地方自然已经被人承包。他投下去鱼苗,收垂钓者钱币若干,钓上来的鱼归垂钓者,或带走,或就地烧烤,他提供烧烤用具。是个比较有经营头脑的本地人。

去过几次，熟了，就与他闲聊。

他指着湫渊对面问我："看到那个人了吗？"

我远远地观了一眼。波光潋滟，山影树形，其实就是一个不太清晰的黑桩。说："几乎每次来，都看到他在那里。一定是个高手，起码是个老手吧？"

承包人阴险地笑："他是个屁的高手，说老手倒是没错，是个赖皮老手。钓鱼从来不给钱。他就是我们村里的。不好好种地，也不出去打工挣钱，偏爱钓鱼。他钓鱼，别人钓他老婆。现在没家没舍，一人吃饱，全家不饿，常年四季坐在那儿，也没见钓上来个鱼。"

我说："那也是个休闲嘛。"

他说："你们钓鱼是休闲，他钓鱼，是羞先人。"

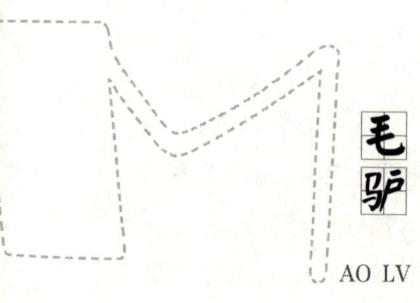

毛驴

AO LV

前后不到一个月,我到泾源国家森林公园旅游区去过三次。荷花沟、二龙河、老龙潭、胭脂峡四大景点一路看过去,常看常新。尤其是荷花沟和二龙河,除了自然风光的旖旎外,还有其他娱乐。比如,骑马这个项目,自然是收费的。那次陪同包头市文联《鹿鸣》杂志社的几位客人去荷花沟,他们对骑马这个项目明显没有兴趣。想想,他们从哪儿来呀?内蒙古!什么样奔驰的快感没有体会过?但兰州的、银川的、西安的游客就不一样了。大呼小叫、胆战心惊地被马的主人搀扶着跨上马鞍,还不让马的主人松开手里的缰绳,怕自己骑上了"脱缰的野马"。

实际上那些马都是泾源本地的马,拉车犁地早使唤顺了,退耕还林,无地可耕;封山禁牧,只能圈养。旅游热起来之后,配上鞍子拉出来挣钱的,基本上没有多少撒蹄子狂奔的野性了,完全用不着害怕。

其实固原农村多的是毛驴,而且毛驴的性子也比马要温顺一些,男女老少都适合骑乘,但几个景点都没有骑毛驴这个项目,多少有点叫人感到遗憾。不然,给毛驴的背上搭一片红毡,脖子下挂一串铜铃,女人骑上去在青山绿水之间走一走,完全是新婚回娘家的感觉,极富情调。

毛驴对城市人来说,也是有吸引力的啊!

大都市的许多人甚至连毛驴都不认识,常常把驴和骡马混为一谈,就跟乡里人不认识斑马,把斑马叫花驴一样。早年间北京、上海的知青到西海固农村,把毛驴爱得一塌糊涂。尤其是女知青,骡马她们不敢骑,就骑驴。尽管屁股上的皮让毛驴的脊梁蹭破了,不敢给人说,但驴,还是照骑。

驴在农村的用途要比牛和马都广泛一些。牛当然是有力气的,但比较稳重,适宜于耕种和拉车。骡马都具有速度感,但它们天生好像就是要强壮的男人来驾驭,妇女儿童是很少敢靠近它们的。而推磨碾米是妇女所能干好的活计之一,骡马性烈,黄牛太慢,毛驴正好。

外国的寓言里好像有这样一个故事:主人为了让驴子不停地前进,就给驴子的眼前绑一个根红萝卜。驴子以为往前再走一步就可以吃到,因而就会一直不停地走下去。这样看来驴子确实是愚蠢了一些。所以吵架时骂人"蠢驴"应该是很恶毒的吧。

农村里的人并不认为驴子愚蠢，但推磨碾米使唤驴的时候，往往要将驴的眼睛用黑布蒙起来，这块黑布有个专用名称叫"驴蒙眼"。蒙上驴的眼睛只是为了不让驴看到粮食而已。它如果能看到石磨上的小麦或糜子，头一扭就能吃到嘴里。

我少年时代一直是与驴打交道过来的。生产队的饲养圈里尽管有牛、有马、有骡子，但我们习惯上还是称它为驴圈，因为驴占绝大多数。暑假里男孩子们能挣取工分的最好活计是为生产队放驴。

天蓝。云白。风清。鞭稍儿一响，驴群出了村庄，在田埂渠畔、沟底梁峁上游弋。

各个生产队里放驴这项工作都是少年在干，所以经常碰到。驴在一起吃草，人在一起玩耍。玩腻了，就提出骑驴赛跑。每个生产队里都会有那么一两头驴，很强壮，速度也好，往往被作为比赛的种子选手，这时候就被派上了用场。这种比赛有一定的危险性。两头驴并驾齐驱，两个少年还要相互捣鬼，你抽我骑的驴一鞭子，我捣你骑的驴一棍子。毛驴在猛烈的袭击之后自然会紧张蹦跳，很容易将骑手摔下背来，所以这样的比赛多在刚刚翻耕过的土地上或者有着清流的河道里进行，大不了将骑手甩下去弄一身泥水，断不会头破胳膊断。当然，这样的比赛最好不要叫村队干部发现，轻则厉声斥责，重则取消放驴资格，还要扣除劳动所得的工分。

20世纪80年代初，土地承包前夕的那年冬天，队里组织了五十多头大牲畜到炭山煤矿驮炭。驮队回来的时候是晚上，在庄子东头的柳树园子旁，两头毛驴陷到大冰坑里去了，一头叫驴，一头草驴。庄子里的人得到信息，男女老少站满了柳树园子。叫驴已经沉到水底里去了，我只看到那样一个不规则的破冰洞上，漂浮着无数破碎的冰块。在手电光的照射下，草驴的两只前腿趴在光滑的冰面上，驴头吃力地向上抬着，两只被水溅湿的眼睛大而恐怖，鼻孔里喷着热气，嘴唇间泛着白沫。我记不清当时是想了怎样的方法将草驴从冰洞里救出来的了，但第二年土地承包分生产资料的时候，那头草驴谁都不愿要。既然草驴当时是我父亲吆着掉到冰洞里的，自然只有分给我们才算合理，同时分来的还有一匹年岁尚轻的麻灰色骡子。

爷爷说，这草驴在冰洞里泡了那么长时间，怕是不能再行驹（怀胎）了。胎太凉了嘛。

这对牲口在我家服役直到八十年代末。

在将近十年的时间里，爷爷一直没有放弃让草驴怀胎的念头。每年二三月间，爷爷就牵着草驴到甘沟村的袁新有家里，去给草驴配驹。袁新有当时分到了一匹儿马，真正的高头大马。袁新有富有远见地看到了分田到户后各家各户对牲口的需求，所以他对儿马照顾得超过了自己，然后在牲口发情的季节里骑在他的儿马上，手里抖着一条红绸子招摇过市，招揽生意。但遗憾的是，每年二三月过去了，草驴的肚子依然没有什么动静。爷爷对袁新有的儿马失去了信心，而转向集市上那些配种的叫驴和儿马。因此只要逢集，他都会牵着草驴去集市，但最终没有结果。

后来庄子里的手扶拖拉机越来越多了，驴马牛骡越来越少了，我们家依然使唤着这对牲口。大哥嚷嚷着要将一对牲口卖了，买台手扶拖拉机，爷爷先是不答应。后来又说：既要买机器，牲口也不能卖。理由是：拖拉机只能耕直线，地头拐角依然要用牲口来耕。

最终，麻灰色的骡子还是被卖掉了，而草驴早在此前已经跟爷爷一样死掉了。

这几年，毛驴的价格越翻越高了。天上龙肉，地上驴肉嘛。

所有在土地上鼻孔里喷着粗气、嘴唇间泛着白沫的毛驴,都被卸掉了套在脖子上被汗水浸透得油光闪亮的拥脖,轻松自在地走到屠宰厂,最后,变成了招牌上三个丑陋的字:酱驴肉。

那一次,我从屠宰厂门前走过,正好有一群毛驴被赶到屠宰厂门口。两头毛驴很亲热地走到一起,其中一头毛驴将长长的嘴唇伸到屠宰厂低矮的门牌上,似乎在认那牌子上"屠宰厂"三个字;另一头毛驴,无限深情地替这头毛驴啃着脖子挠痒痒。

那一刻,我的眼里盈满了泪水。

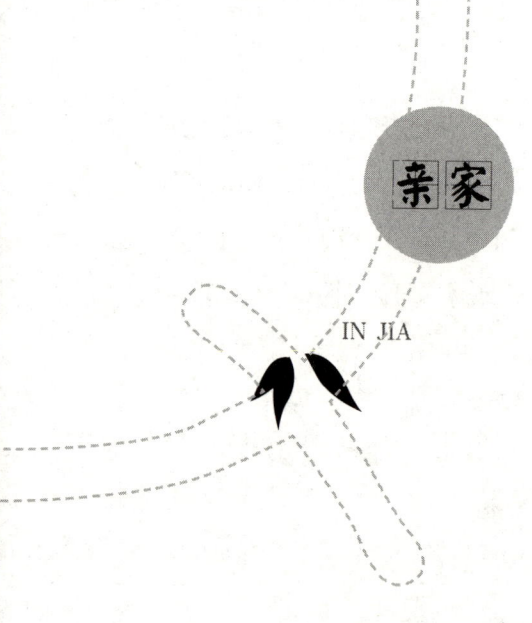

亲家

IN JIA

老话说得没错,深山里面出凤凰。

可事实是,没有一只凤凰会甘心情愿地待在深山老林里。它有脚,长翅;能走,会飞。俗话说,栽下梧桐树,引得凤凰来。良禽择木而栖。贤臣择主而事,这是很自然的事情。除非它算不上凤凰。

  张好好就是这样的一只凤凰吧。她刚生下来就死了娘,吃野地里菜,竟然没饿死,且身材随着年龄不断地丰满起来;喝山泉里水,也没见拉肚子生病,那肤色公然对抗了当地的水土,不像其他女孩子在脸颊上浮着深重的红,高原的风一吹,长出"红二团"。张好好是白里透着红,与众大不同啊。而且那身条,挺拔得像山里的白桦,柔软得又像是河边的春柳。真是看一眼,就让人心动。

没娘的孩子早当家,于是张好好练就了一身的生存技能。人大心大。父亲张老五也拽不住女儿的心。这只凤凰就飞了,站了高枝儿,嫁给了城里人。女大不中留,留来留去成怨仇,这也是很自然的事情。至于从小一块儿耍大的狗剩儿哥、草芭子弟,最多也就是"棋子豆豆煮鸡蛋"的交情,说忘了就忘了。

当然,这个高枝儿也并非高到什么程度,就是个城里人的身份,干着一份公家的事情,遇到来城里打工的张好好,本色,天然,那一股乡野的清新之气,压倒了城里的脂粉味儿,那就一好百好了。

真不枉好好这个名儿了。

但是张老五不满意,不放心。如果女儿顺顺当当嫁了狗剩儿,或者草芭子,他倒心满意足了。

春风送暖,冰冷的大地变得酥软。忙完春播,张老五进城去了。

虽然也是普通人家,可亲家毕竟是城门洞里的雀儿,多少见过点世面。没有女主人,倒也天天上饭馆,好酒好肉地招呼了几顿。

想着女儿把这样的日子能过上一辈子,也算有福,安心地回来了。

没想到在夏收之前,退休了的亲家,跑到山村里避暑来了。

亲戚嘛,原本就该时时走动,你来我往,才会亲热起来的。

只可惜五黄六月,最是农家的艰难时日,人又忙乎,不得便招待亲家。张老五孤身惯了,也只有粗茶淡饭。每天自己进田地忙活,丢下亲家一人满山坡乱走。

待了几日,亲家也不提走的话,张老五心生厌气:这亲家好没眼色,我一个庄稼人,每天忙里忙外;你是个闲人,城里公园、酒店、茶馆去处多了,何必傻子一般待在乡里。

这日天阴落着小雨,张老五和亲家窝在屋子里。

亲家说:"好不容易你今天不下田,我们四处走走。"

一走,走到麦田边。地中间扎着个稻草人儿,原是吓唬麻雀的,怕它们啄麦穗儿。

亲家看着稻草人,说:"那地中间好像是个人。"

张老五心里正没好气,说:"那不是个人。如果是人,他走呢。"

亲家一怔,想了想这句话,明白了。但他没说什么,继续往前走。走到田埂上,回身对张老五说:"我看清了,真的不是个人。"

如果是个人，就有血有肉呢。"

张老五看着亲家，想了想这句话，也明白了。

趁着天落雨，张老五到街上去，卤猪蹄、酱牛肉地弄了一包，打了二斤杨郎散白酒，归来，和亲家大醉了一场。

第二天，亲家走了。

中秋节的时候，张好好离婚回来了。

张老五说："女儿，你想好，再嫁人不难。但嫁人，总要门当户对才好。"

早先没有陵园。

战斗结束,部队忙着追赶逃敌,牺牲的365名指战员被村民就地掩埋。新中国成立之后,事情变得从容了一些,当地政府着手整理资料,为这些未能看到五星红旗升起的阵亡将士立碑。但铁打的营盘流水的兵,要把这已经长眠的365个人的基本情况全部弄清楚,是相当困难的。况且依当时的财力、物力,也不可能大兴土木,建成陵园,只是一些普通的坟堆,凡知道名姓的,竖一块木头牌子,冠以烈士,上书其名。尽管如此,还是有101位烈士不知姓甚名谁,只能立一片木牌,以示纪念。

ING YUAN

陵园

1998年,决定修建陵园,新址选在战场东面不到一公里的地方。面临川水,背靠青山。东西两厢,全为平房。白瓷砖贴面,琉璃瓦盖顶,是办公和陈列室之所。陵园的主体,是烈士墓冢。依山坡而建,呈宝塔形,共12层。每一座坟茔前,都竖立着大理石墓碑。整片墓冢两侧植耐寒松柏,郁郁葱葱,像一些守卫的士兵。最高处,是纪念碑,如一柄长剑,刺破蓝天白云。

难为的是：这101位无名无姓的烈士，怎么立碑？

陵园的园名是曾思玉题写的。他是原中国人民解放军第一野战军第十六兵团第六十四军军长。长眠在陵园里的这些战士，都是六十四军的将士。

"都是人民子弟兵，碑上就刻无名烈士吧。"已经是大军区司令员的将军题写完园名后，落了泪，这样嘱咐当地民政部门的人。

就照将军说的办。101块墓碑上全都刻上了无名烈士墓。

陵园离县城不远。清明时节雨纷纷，机关单位、厂矿学校、驻地部队、当地百姓，在这一天，全步行，来陵园祭扫缅怀。

松柏上挂满了被雨淋湿的、洁白的、小巧的纸花。纪念碑下，环绕着五颜六色的花圈，还有散发着馨香的鲜花。

到了农历十月一，天地静寂，山川寒瘦。陵园的职工，按照当地风俗，给每个墓碑挂上纸剪的寒衣，坟冢前献麻麸包子。这些长眠于此的人，来自天南地北，五湖四海。在他们的家乡，未必有十月一送寒衣的风俗。可鲜血洒在了这片土地上，身躯融入了这黄土，入乡随俗，应该也是安享这份祭祀的吧。

某年的秋天，山丹丹开得正艳，陵园里来了两位南方人。一老一少。老人的怀中抱着大簇的山丹丹花，花叶还很新鲜，显然是就地采集的。小的手中提着鲜果熟食。他们找到陵园的管理人员，说他们来自江西。老人说他从有关材料上看到了这个陵园的介绍，也从不同的渠道追寻、探究，他的哥哥应该是在这次战斗中牺牲，并安葬于此的。他们不远千里找来，就是想在坟前祭奠亲人的亡灵。

陵园管理人员慌忙搬出所有的材料，根据老人提供的姓名，全力查找核对。反复多次，却决然没有这位烈士的姓名。

陵园管理所所长说："这里有101位是无名烈士。限于资料的缺乏，无法确定名姓。如果你老人家认定哥哥是在这次战斗中牺牲的，那么他应该是这101位无名烈士中的一位。"

老少二人和陵园的管理者站在秋日明澈纯净的阳光下，都不知道该怎么办了。正在此时，平地旋起一股土雾，沙沙作响，缠绕众人，然后向北面的墓冢旋去，似有人影，恰如私语。老人顿开喉咙，喊了一声"哥呀"，泪如雨下。踉跄着双腿，紧随着旋风，七拐八扭，到了一座坟茔前，土遁风息。

众人都跪倒在这墓冢前。

大理石墓碑上，刻着无名烈士墓。

但现在，烈士有名了。

在墓碑上刻好姓名，临走的时候，老人说："走了一路，来到这里，才搞清了一件事：在我们家乡的那种花，叫映山红，别处叫杜鹃花，你们这里叫山丹丹。其实就是那一种花。"

何处黄土不埋人，青山有幸埋忠骨。

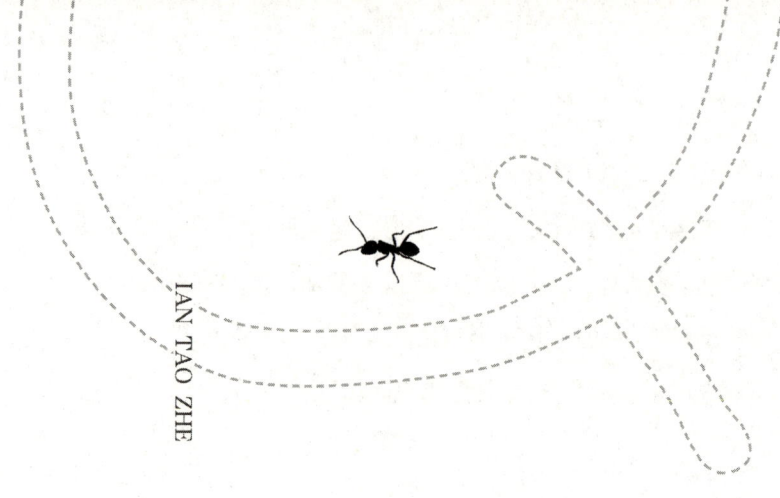

潜逃者

周末晚上,行长同学和我在茶楼闲坐,喝茶。

他说:"在银行工作,得把握住三点。一、钱不是钱,钱是印着复杂图案的纸;二、女人不是女人,女人是裹着肉的骷髅;三、不沾赌。坚持住这三个原则,你还是一个体面的自由人,突破了任何一点,你不在监狱里坐,也会被心魔追随一辈子。"

"我任副职的时候,下面一个县行出了问题:一个营业点上的储蓄员携款潜逃了,县行的行长还没等到我们下文免职,他自己也跑了。"

"他没必要跑啊,大不了免职嘛。"我说。

同学喝一口茶,吐着细碎的茶叶。

"我们有规定,只要哪个行出现这种情况,行长就地免职。这个储蓄员监守自盗,正是拔出萝卜带出泥。"

"那就没什么好说的了。免他的职,肯定要查他的账,他的肠肠肚肚都会抖搂出来。"我说。

"问题不在这里。问题是这个储蓄员太过冤枉,他是真正地赔了夫人又折兵。"

"怎么,上演三国演义了?"我问。

"这个行长确实是有很大的经济问题,但他伪装得很好,掩藏得很深。储蓄员一直都在实名写信举报他。但写一次,他的工作就调动一次,从县行调到郊区所,又从郊区所调整到乡村所,从乡村所又贬到营业点。行长的问题没查清,他的处境却越来越悲惨。"

"你们的纪检部门是吃干饭的?"我有些愤怒。

"钱能通神啊。要不每一次举报材料怎么会到县行行长的手里?行长怎么会知道是谁在搞他?说来太富有戏剧性。他们两人还是一个村的老乡,储蓄员的老婆原来是行长家的保姆,是行长做的媒。但结婚后他老婆还和行长保持着男女关系。慢慢地储蓄员发觉了，就开始收集材料写举报信。最后他背水一战背着储蓄款跑了。因为只有这样，行长才会被免职。"

"最后都抓住了？"我急切地问。

"储蓄员是在新疆被抓住的，几十万一分不少。他就待在旅馆里，每天泡方便面，等着公安来抓他。"

"他为什么不自首？自首起码可以轻判。"

"他必须潜逃足够的时间啊，让我们市行免去县行行长的职务。他见到警察问的第一句话就是：我们行长免了吗？警察说，你们行长也潜逃了，我们正在追捕。他就笑着跟警察回来了。"

"那个行长怎么了？"

"在海南抓住了。他是带着储蓄员的老婆潜逃的，也是一起被抓的。现在三个人都判了刑，都在关马湖的监狱里服刑。"

夜阑风静縠纹平。

那天的茶一开始有点小清新，后来慢慢变苦了，最后变得淡而无味，我们也就散了。

老梁同志

LAO LIANG TONG ZHI

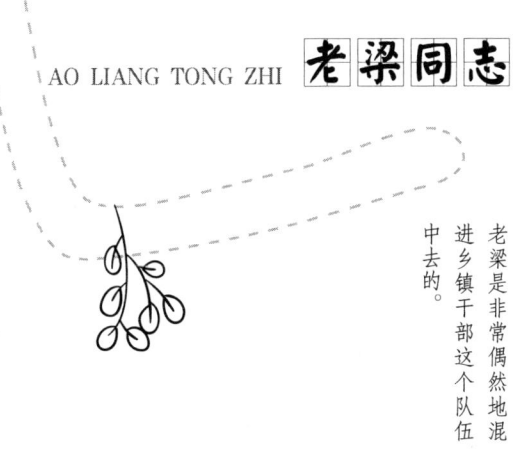

老梁是非常偶然地混进乡镇干部这个队伍中去的。

许多人都不清楚老梁在乡政府具体负责什么工作。就连书记、乡长都不大搞得明白。现在的干部都很年轻啊，而且交流、升迁得又快。当地提拔起来的还多少知道一点底细，空降下来的，很少会做细致了解下属个人历史这类琐事。谁来了，都是风风火火地干，沿路经济啊，设施农业啊，规模种植啊，一乡一品啊等等，花样、项目繁多，一个和尚一个调，一个姑娘一朵花，绝不重复。

李方

干上一年两载,走了。谁会动这个心思呢?

但老梁确实是乡政府的工作人员,每天在乡政府院子里出出进进。看到干净的水泥地面上有被风吹着走的小纸片,他就迈着一双老腿,如猫追线团一般地跑着,抓住了,举到小眼睛前仔细看看,确认是张无用的废纸,慢腾腾地走到垃圾筒那里,稳妥地将纸片按下去,拍拍看不见的尘土,背着双手很领导范儿地踱到院子里的花坛边,站在那儿沉思着,看着花草在风中的各种姿势,很久,然后再不解地摇着头,走开。

但每当天上落雨的时候,老梁就会很忙。他也不披雨衣,就戴顶草帽,握着铁锹,一会儿在下水道那儿疏通,一会儿又铲土培埂把积水引导到花园里,一会儿,如果只看到铁锹不见人,那就是老梁同志抱着砖头去了厕所。厕所那里地势低,积水深,同志们上厕所会湿了鞋,所以要排列两行砖,垫脚。但是雨过天晴,那些砖头会在不知不觉中被老梁同志一一收拾掉。乡政府里大多都是年轻人,晚上喜欢喝夜酒,喝多了,栽跟绊头的,让砖头崴了脚也是很不好的事啊。

好多人误以为老梁是乡政府雇佣的勤杂工,其实不是。老梁从参加工作就在这儿,风光过一段时间,但后来沉寂了,到现在纯粹是个元老。老梁不会操作电脑,年纪又这样老,你让他再干什么?

当然领导和同事们还是记着他的,尤其是他的老伴儿过世,儿女们都参加工作之后,每当外出吃饭的时候(过去这样的事很多,这两年少了),就会说:"喊上老梁,喊上老梁。一个人孤苦伶仃地吃个啥饭。"

老梁就去了。

去了也不喝酒,吃菜也只是快速地吃肉菜,吃豆腐,但不吃鱼。

领导和同事劝他:"老梁,吃鱼啊,味道不错。"

老梁眯着小眼睛,笑:"你们吃你们吃,我不爱吃鱼。"

大家也就不再劝,忙着斗拳喝酒了。老梁肉菜吃饱了,一张一张地抽着餐巾盒里的纸,厚度差不多了,悄悄地装进衣服兜儿里。

退休的前一年,乡政府里调来了一位慈眉善眼的女同志,姓徐。徐女士的儿女当然已经工作的工作,成家的成家,都不在身边。她的老伴儿三年前去世了。也不是黄土隔人心,但烧过了三年纸,那份情缘就尽了,而徐女士的娘家在这里,她不胜晚景的凄凉,就调回本乡,也好亲近年迈的父母。

来了只三个月,就有热心人挑明了一件事:这是多么好的一对儿夕阳红啊!先给徐女士说,没想到还真有意。老梁也并不是欢天喜地,而是权衡利弊,答应处一处再说。

都是将近退休的人,没有那么多浪漫,干什么都讲究实际。老梁请徐女士到街上吃饭,也只是一人一碗面。

吃着拉条子拌面,就着红皮蒜。老梁看面馆的老板不注意,抓了一把蒜,迅速地装进衣兜里。

徐女士皱着眉,悄声问:"你这是干什么?"

老梁低了声气说:"这个老板太可恶。那一年大蒜紧张的时候,我来吃面,桌子上没蒜。问人家要蒜,人家抢白我,说一斤大蒜九块钱,一斤猪肉八块钱,蒜比肉都贵。有免费的蒜,总没有免费的肉吧。现在蒜免费了,多拿他几个。"

徐女士只好不说什么。

饭后散步,夕阳正好,两个人和谐地走着。

老梁说:"现在的年轻人,啥都不懂,只知道挥霍。每次吃饭,都大鱼大肉,我就不吃鱼。"

徐女士说:"我听他们说你不爱吃鱼。"

老梁缓慢着声音说:"不是不爱吃,是吃鱼费事,得花时间挑刺啊。我年轻的时候,刚参加工作,最爱吃鱼。慢慢吃,仔细吃,没人敢催。现在老了,就只能吃肉。"

徐女士深表同意:"你可真实际。"

又过了三个月,相处得还算好。徐女士提前告诉了老梁,第二天她过生日。老梁眯着眼笑了。说:"我会给你送一件独特的礼物。"

徐女士的脸少女般地红了。

第二天,老梁郑重其事地将徐女士叫出办公室,双手递给徐女士一张彩纸糊制的卡片,上面是老梁的亲笔字:"亲爱的徐锦玲女士……"

一段大有前途的黄昏恋,就这样无疾而终了。

徐锦玲女士对别人说:"我看老梁是个老实本分的人,没想到那么大年龄还有着文艺气质。我要找的是过日子的老伴儿,找一个老诗人,怎么靠得住?"

又过了四个月,看看年底,老梁同志年龄到线,办了手续,光荣地退休了。

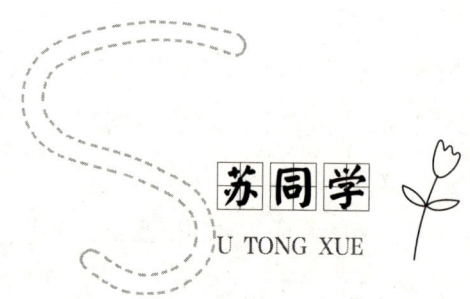

苏同学
SU TONG XUE

当你不尴不尬地活到了五十岁。

怎么说呢？即便是你已经在人世间混到了评委席上，看着那些帅哥靓妹幼稚可笑地站在演讲台上，卡口结舌，红脖子涨脸，吐着舌头做鬼脸，你依然恨不能将身份互换，自己难受一回。

谁不喜欢年轻呢？

但你也不能动不动就说自己老。白发苍苍、疾病缠身的父母才是真正的老。父母在，不言老。

可是，时不时地，就会传来一则消息："某某同学因心脏病（脑梗、高血压、糖尿病）医治无效，于某年某月某日辞世，享年某某岁。"就得悲痛地去送最后一程啊。迈着沉重的步伐，缓步走到灵堂前，跪倒在地，上香烧裱奠酒茶。抬眼一望，遗像上的人年轻的一张脸，表情灿烂，那火热的眼神，看得人心里一阵刺痛的寒。立起身，走出来，两腿发飘，发软。

送亡人上路的那一碗粉汤，也不愿吃了，也吃不下去，像逃离一个什么现场似的仓皇地走了。

这样的事虽不是经常发生，但就那样的一两次，也足以摧毁你这大半生构建起来的内心世界，让你对人生的确切意义都怀疑起来。

好在喜事也多了起来。

五十岁这个年龄，正是儿女们娶妻出阁的时候啊。

现在通讯方便，省却了很多麻烦。"叮咚。"手机短信的提示音响了，就很领导范儿、很大气、很有风度、同时又是很随意地（都这个年龄了，什么事情都不用匆忙和慌乱了。如果那样，你这大半辈子是不是活得太失败了？）拿起手机来，打开短信：

"亲爱的老同学你好：兹定于某年某月某日（农历某月某日）在某某酒店，为儿子举行成婚大典（如果是女儿，则是出阁典礼），敬请光临。老同学某某夫妇恭候。"

看，喜事来了。为了人情债，逼得把锅卖。就是这样的高价饭，你还得回复短信，不咸不淡地表示："收到。恭喜恭喜。"

到时候就是一场同学聚会，免不了一醉。

但苏同学搞的这一场酒宴实在是有些别致和令人意外的。

苏同学在校的时候课余是练武术的。每晚下了自习,别的人都逼着自己尽快入睡,他一个人黑灯瞎火地在空荡荡的大操场上脚踢手砍,"嘿嘿嘿"地发力,练着他祖传的一套硬功夫。

有一段时间,我曾很热心很坚决地想跟他练习这套拳术。但他说我坚持不了,而且用相马的眼神看我,断言我不是一个练武之人。后来我自己想：人家这是祖传功夫,连自家女儿也未必传授,怎么可能教给我这样一个外姓旁人？何况我们读的是师范学校,大不了当一辈子小学教师,学会一套广播体操终身都够用了,练出一身肌肉疙瘩两只铁拳,又不能教育学生,没多大意思,也就灰了心。

除了冬练三九、夏练三伏这样特别的个人爱好外,苏同学还有一件事给大家留下了深刻的印象。要知道,那时候的我们都是二十岁左右的年轻人,能够干出一件让大家都记住的事情,多么不容易。

那是在冬天,学校安排我们班劳动,将师生厕所的粪土翻出来,拉到学校的田里施肥。

天寒地冻,粪土不好挖。苏同学举着铁镐,使着蛮力,每镐下去，屎尿冻成的冰碴直往脸上蹦。他一边挖一边发牢骚："班主任这个王八蛋，给咱们班争来了这个劳动任务，让咱们大雪天吃屎尿。"

同学们都咬牙切齿地赞成。没想到班主任正在一墙之隔的厕所里方便，立马来到厕所后面的粪场，问他："你刚才说什么？你再说一遍？！"

按说，这样的情形下，苏同学只要憨一憨，笑一笑，把后脑勺挠一挠，不说什么，也就过去了吧。可是他梗着脖子，粗着口气，又说了一遍。

真是个练武的人啊。

班主任铁青着脸说："我教了十年书，还没见过你这样的学生。"说着，顺手抓过一把铁锹就扑了过去。

"我念了十年书，还没见过你这样的老师。"苏同学圆睁着眼睛边说边举起铁镐迎了上去。

他俩真锹实镐地打了一架，相互都有损伤。

苏同学是背着处分毕业的。

一别三十年，消息时续时断。因为他有处分在身，所以分配极不理想，在一所偏远的山村小学；后来听说有过一段不幸的婚姻,也结束了,连个小孩都没有。

这一次,他举办的是告别宴。他出生的村庄因生态移民被整体搬迁到遥远的川区,他也按照从教三十年提早内退的政策办了手续,连同父母一起,将要离乡背井地远走了。

其实来的同学并不多。毕业三十年,知交半零落啊。

吃了饭,喝了酒,也蓄了半眼眶离别的热泪。苏同学端着酒杯,说:"这一离开,恐怕这辈子都不能相见了,干了!"

真叫人伤感呐!

同学们都劝慰:"哪能呢?现在通信、交通这样便捷,有事发微信、打电话,一分钟的事情。"

苏同学端着酒杯,沉默良久,说:"班主任去世,我都没得到消息。连最后一面都没能见上。这些年细想,对不起老师,也对不起自己。"

一仰脖,把酒干了。

临别时我问他:"你现在还练拳吗?"

他表情淡定,眼睛看着别处,轻声说:"我现在练太极。"

后遗症

OU YI ZHENG

> 我的这副人高马大的身板,是结婚以后老婆做饭喂出来的。

师范学校集体灶上混浊的白开水煮萝卜、看起来金灿灿的玉米发糕不可能让谁拥有一个啤酒肚的身材。当然,我作为准小学教师,似乎也不宜肥头涨脑,不雅观,不像话。照此看来,集体灶上的伙食,不但具有营养学上的科学性,也具有广泛意义上的社会性。

那时候的我个头矮小、头发干枯,一副营养不良的猥琐相,脸上也因为缺

李方

少水分在脱皮，像是被狗的舌头舔过了一样。因此被安排在教室的第一排课桌就座，和王文武成了同桌。

王文武来自更为偏远贫穷的南部县。在当地，人们无来由地鄙视南部人，觉得他们除了孤陋寡闻、目光短浅、一根筋之外，还具有吝啬的坏名声："南杆杆，喝了凉水舔碗碗。"吝啬当然不是本性，但如果人穷怕了，穷到极致了，难免会在行为上乖张起来。但是他们也有优点，那就是特别能吃苦，不管多脏多累的活，都不在话下，只要能够挣到钱。所以赶场割麦的麦客，几乎都出在南部县。

据说有一年夏收，一群麦客赶场结束，工钱到手后，一窝蜂地涌到了街道上，要下馆子挥霍一下，犒劳一下，摆一次阔气。毕竟，人的一生，这样的机会是不多的。

麦客们昂首阔步地进到了饭馆里，散发着干燥的麦土气和浓重的汗酸味的外套随意地搭在椅背上，他们叉开着两腿坐在饭桌前，粗声大气地嚷嚷：

"老板，烩面多少钱一碗？"

"八元。"

"酸汤水饺多少钱？"

"十三元。"

"面汤多少钱?"

"不要钱。"

领头的环顾左右,豪迈地说:

"那就来十五碗面汤,八碗加盐,七碗不加盐。人生在世,吃喝二字,放开了弄。"

我问王文武:"这是不是说的就是你们南部县的人?"

王文武白了我一眼:"这是哪个傻子说的?既然面汤不要钱,为什么十五碗不全加盐呢?这不是我们南部县人办事的风格。"

王文武确实具有南部县人的禀赋。课堂上,他觉得如果不注意听讲,那就是吃了天大的亏。下了课,哪怕是不让老师休息,他都要将不清楚不透彻的地方让老师给整明白了才罢休。读了三年师范,他就从课代表、小组长、班委、副班长、班长一路升上去,直到毕业优秀毕业生。

但那时候,没有哪个同学会这样下苦功出死力地挣到这个优秀。反正就是个中专文凭,大不了是个小学教师,犯不着门门功课都考一百分。校园里流行的是"高兴不死的60分,气不死的99"。只要勉强及格,不至于肄业,工作照样分配,说不定还会比优秀毕业生分配得更好。

但事实证明,这之间的区别还是有的。学好数理化,走遍天下都不怕嘛。比如王文武,优秀毕业生啊,被抢到南部县城的中学了;毕业成绩惭愧如我,只能到北川的乡村小学任教。

再过二十年,我们来相会。

相会在当初读师范的城市里。

我已经通过其他路径调到了这座当初读书的城市了。嘻。

我坐在宾馆的大厅里等王文武。他打电话说他从南部县城到市里来办事,住在宾馆里。

我看到他昂然地从楼梯上下来,不时地提一提裤子。我正想起身跟他打招呼,他却对我视而不见,直奔墙壁上挂的插卡电话,连卡都不插,拿起听筒直接就说:

"请给我接中共中央办公厅……"

这时我才注意到,这位多年不见的仁兄裤腰带上挂着四部汉显BB机,怪不得走路费劲,一直提裤子呢。

我走过去,指着他腰间的那一排弹夹说:"你这是干吗?"

他愤怒地挂了电话,用五指梳拢着他的头发,说:"中共中央办公厅的这帮小官僚,竟然敢不接我的电话!你说这?(他勾头看了看腰间)这四部BB机,各是各。"

他转着身子给我一一指认:"这是中共中央办公厅的,这是中央军委的,这个是学校同事的,最后这个是老婆联系我专用的。"

那天我们到底说了什么,我忘了。

我只记住了四部BB机,但没有一个号码是我所知道的,因为那都是专用机,知道了也白搭,我又不在中共中央办公厅上班。

倒是记住了王文武说的一件事。

他说:"我来的路上,专门在六盘山隧道下了车,在那里待了一个小时。我统计了一下,一个小时内有230辆车经过隧道。我最近研究易经,给人看手相。你设想一下,如果每位司机都让我看,每位收费20元,也就是一包烟钱,他们会掏的。那一个小时的收入就是4600元;每天看八个小时,一天的收入就是36800元。假如砍一半,也就是有百分之五十的司机同意让我看手相,一天也有18400元的收入;假如我价格上再优惠,也砍一半,一天最少也有9200元。到那时候,我请你吃大餐,吃红焖全肘(惭愧,当天我请客,吃清炒莜麦菜、千页豆腐)。"

过后,我和南部县的其他同学谈及,他们大吃一惊。说:"王文武早年参加传销被骗了个倾家荡产,差点连老婆孩子都卖了,精神上有了毛病,已经停职看病多年了。"

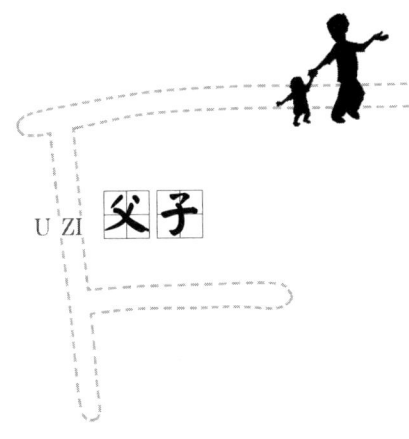

父子

后壕巷西头地势比较高,通着中山街,巷口正对着教育局的办公大楼。进出这栋大楼的全都是文化人。顺巷子往东直直地下去,也就是二百多米的样子,然后向南一拐,再走一百多米,就到了南城路。还没出巷口,卤肉的味道就灌满了鼻腔。大肉市场就设在巷口处,所以后壕巷的人是有福的。向西走,可以感受文化;向东走出巷口,可以饱享口福。一物质,一精神,齐了。

后壕巷跟宋家巷、大南寺巷一样,早先都是晴天一身土、雨天一身泥的路面,连砂石都没有,全是土路。下雨天,满巷泥泞。挨着人家的墙根,蹦蹦跳跳地走,勉强可以过去。人家的大门口,往往垫着几层旧城砖或者一块水泥板,可以跺跺鞋子上的泥。遇到大冬天下了雪,骑自行车走这样的巷道就需要一定的技术。巷

李方

道窄，光照不足，积雪不易消融，又曲里拐弯，一滑就倒，弄你满身泥水。后来，这些路面跟着城市基础设施建设的步伐沾了光，也随着改造成了水泥的。天上下雨地上滑，雨水顺着巷子流进了下水道，冲刷出一条曲折但异常干净的巷道来。

后壕巷的居民大都是固原城的老户，是老户就谈不上城市规划，占的院子大了就大了，小了就小了，不可能整齐划一，都是单门独院。有的盖个高门楼子，修好几级水泥台阶，想当然地以为是个大户人家，进去了却也就巴掌大的地方；有的看起来只是临着巷子的一扇门，进去了，院子大得可以驻扎一个连。地方小了没办法发展，院子大了就有文章可做。于是这里就满院子盖房，隔成十几平方米一间，出租赚钱。主要的租房对象是两类人：外来打工经商做小本生意的，从乡村转到城里小学中学念书的。

肖师傅是在后壕巷租房子住的外地手艺人，念书的是他的儿子。

肖师傅的生意摊子并不在后壕巷，而是在大街上。早先摆在中山街与文化街相交的十字路口，那是个大十字。向西不远就是汽车站和贸易中心；南北方向就是中山街，上下班，人像赶汛的鱼一样乱窜。向东呢，原先是两所学校：固原一中，民族师范。

现在合并成一所学校，固原一中。在这样的地方摆摊修自行车，生意不想好都不行。一中的学生，全都是固原城乡学习好的被千里挑一"拔"上来的，或者家庭条件好想方设法"挤"进去的，所以不骑车子上学的相当难找。一放学，学生像开闸放水，哗啦啦地涌到街上来了。少男少女，天生好动，喜欢做一些无伤大雅的小动作。拔气门芯的，拧手刹线的，往钥匙孔里塞火柴的，搞掉链条盒子的，什么毛病都有。放学一推车，感觉不对劲儿，低头一看，车胎没气了；或者临上车踩一脚，蹬空了，才发现掉链子了……都推到肖师傅那里去修。

其实那块儿修车的有好几个，一溜儿沿着马路牙子摆开形成个半圆。但除非是急着办事儿要走的人，看肖师傅忙活着一时半会儿轮不到自己，才肯到其他修车人那儿凑合。一般情况下，宁可等，当然也等不了多长时间。无论多大毛病，只要将车子交到肖师傅手里，你将重心放到一条腿上，另一条腿轻轻地抖动着，眼睛瞅着大街上来来往往奔忙的人和车。一会儿，嘭嘭两声响，那是肖师傅在拍车座上的土，活儿完了，交钱走人。

手艺好，顾客认你做的活儿，生意当然兴隆。其他几个修车人尽管嫉妒，但技不如人，这没办法。可气的是肖师傅的儿子，那时候还不到上小学的年纪,又刚刚成了没娘娃,但既不哭,也不闹,而是整天"团"在修车摊子上帮肖师傅干活儿。肖师傅低头喊:"十三号扳手。"十三号扳手就到了他手上。又喊:"斜花纹车把套。"斜花纹车把套又到了他手上。那情形,就像是大夫在做手术,器械一件件递过去,又一件件归了位。儿子像个猴子般蹦来跳去没个消停的时候。谁修车再怎么厉害,也得花时间挪挪窝找工具和零部件,一个人自然抗不过两个人。

等到没顾客了,肖师傅就坐在小板凳上抽着烟望街。儿子在工具箱里翻检,拿到不认识的工具或零部件就凑到肖师傅鼻子底下。肖师傅就像是闻了一下,说出名称,儿子就举到自己的鼻子底下翻过来掉过去地观察。有时候,父子俩都呆呆地望街。街上一辆急速行驶的汽车开过去了,扬起了一团土雾,慢慢散落。儿子就会轻轻地叹一口气。肖师傅知道儿子又在想什么了,就在儿子的头上摸一把,把烟头在脚底下踏死,说,干活。

父子两个人就又开始折腾,尽量不去想那些已经发生过的事情。

十字路口肖师傅摆摊的地方被移动通信公司买去建了营业大厅,不许再摆摊了,儿子超龄一年,上了小学。因为不是本地人,没有常住户口,为让儿子上重点小学,肖师傅的鼻子尖上淌了好多汗,比他修一百辆车子还费劲。但总算是报到重点小学十八小了。肖师傅就将摊子转移到十八小的隔壁了。

住还是在后壕巷的出租房里。

一大早,父子俩在出租房里吃过早餐,儿子帮着父亲将工具车从后壕巷的西出口推出来,顺着中山街推到修车摊点上。肖师傅摸一把儿子的头,就像是给注力气一样,儿子蹦跳着去了。肖师傅喊:"走路小心。"儿子就顺着街道边,一步一步沉稳地走了。中午放学,儿子来到修车摊子前,把书包放到工具车上,把课本、作业本摊开,站着写作业。无论忙闲,肖师傅从来不管儿子做作业的事。作业做完了,肖师傅给儿子钱,儿子就到旁边的牛肉拉面馆里去吃饭,然后,小心翼翼地端着一碗拉面,手指缝里夹着两瓣蒜又回到肖师傅跟前。肖师傅撂下工具在水盆里洗了手吃饭,儿子蹲下去接着父亲的活儿干。只有那么一两次,肖师傅用一次性筷子在儿子的额头上点了点,因为修车的程序不对。

修好了车子,儿子喜欢骑出去在小南寺巷溜一圈儿,试试效果。对此,肖师傅是支持和鼓励的。顾客原本看着那么小的个孩子修车不太高兴,但一看到车子轻轻地滑出去了却没有任何响声,就非常满意地付钱。

"嘭嘭。"肖师傅的儿子在修好的车子坐垫上拍拍土,让顾客起骑走。

肖师傅的儿子以全城第一名的成绩考入固原一中初中部。上初中的三年里,肖师傅的儿子一直是走着上学的,从没骑过自行车,所以显得很特别。固原城区取消小学升初中考试,开始划片入学的时候,肖师傅的儿子已从初中部毕业,考高中时考了全市第三名,英语考了满分,被重点高中录取。

尽管重点高中主任、校长来动员肖师傅和他的儿子,而且许诺了很多优厚的条件,希望肖师傅的儿子能上他们的学校,但肖师傅的儿子最终没有去上高中。父子两个只是手拉着手高高兴兴地去看了榜示,然后到西夏包子馆里去吃包子。要了三屉,吃了两屉,另一屉打了包提到了殡仪馆。

肖师傅对儿子说:"儿子,给你妈说说。"

儿子说:"妈,我考高中考了全市第三名,英语考了满分。到了明年,我就18岁了,就可以办营业执照开自行车商行了。我爸爸就可以休息了。妈,放心吧。"

夕阳像血一样,将北海子染得通红。父子俩走在通往城里的路上。

儿子问:"明年,我们还在后壕巷住吗?"

肖师傅摸着儿子的头说:"就跟你不上高中一样,由你决定!"

肖师傅现在最想做的事,就是摸摸儿子毛茸茸的头。以后,这样的机会将越来越少。

杨定国是清河村最早的文人。

杨定国为念书吃过的苦,没人说得清。所以清河村人谁要是对念书的娃娃颐指气使、恶语相向,骂:"把你一天吃得胀胀儿的,穿得新新儿的,热了坐到凉处,冷了坐到暖处,你还不知好歹,叫苦喊累,好像犁了三亩地似的。"只要叫杨定国碰上,必然会睁着那一只好眼,跟人吵架一般,高喉咙大嗓子地替娃娃据理力争。说:"你当书就是那么好念的?书那么好念你咋不念?伤脑筋掉头发的事情,比你耕三亩半地不差多少。念书出的是智力啊,智力,智——力,那就是脑子出力,淌了汗你也看不见!出粗力者,疲筋骨而已;动智力者,伤心神。你们懂得甚么!"

ANG XIU CAI

杨秀才

别人当然不懂得这"者""而已"与"心神",可毕竟杨定国是在为自家的娃娃着想与分辩,有什么好说?

便也不再说。

杨定国这才胜利般地眨巴着一只好眼。

临解放的时候,杨定国的学识在沙镇的私塾里算是最好的。固原县大儒秦鸿业最后一次开堂讲学,风声被杨定国听到,竟独自跑出80里,到县城聆听名师教诲。听完讲学,月色正好,情绪自然高涨,一个人折身往清水河村返回。且走且吟,且吟且唱,且唱且舞,不亦快哉。不想乐极生悲,失足从一处断崖上摔下去,虽没有性命之忧,却被一枝枯木戳瞎了眼睛。

摔断一条腿也还罢了,偏是瞎了一只眼。杨定国发奋读书,原也受着一些传统文化的感染,却并没有大的抱负,也不过是想"为五斗米折腰"。而为人师者,仪表第一,瞎一只眼,面上现一窟窿,站在讲坛上,根本不成体统。

由是,眼瞎后,不思求学,专看《三国》《水浒》,外带《聊斋》。紧接着解放,因家中略有田产,成分便也不低。

杨定国想起当日求学之苦,又想今后生活,常叹"生不逢时,天意灭我"。前一句是说没能生活在科举时代,赶不上捞个秀才、进士;后一句是说瞎了一只左眼,面容不堪,不能为人师表。虽说杨定国成分不低,又常发悲声,好在清河村山高皇帝远,却也没人同他较真。

可那杨定国偏偏觉得是谁欠了他的什么,看什么都不入他的

李方

法眼。听村学里的学生识字,讲究什么一撇一捺,横折弯勾,他竟也愤怒异常,说:"会教书吗?会教书吗?说文解字,不是这么拆成一椽一檩子教的。古人造字,无不意形合一,好比'好'字,那是啥?是'女'跟'子'相连,就是男与女相拥,焉能不'好'?再比如'鲜',有什么能比刚出水的鱼、刚宰倒的羊更鲜美的呢?"

别人立时抓住抬杠的机会,向他反击,说:"如果鱼是死了晒干的鱼,羊是宰了十天八天的羊,那也叫鲜?"

杨定国说:"你写这个字我看看。"

别人就写了。

杨定国说:"你才写的鱼和羊,就臭了?我看你是自以为聪明,你自大了一点,那才真是个'臭'呢。"

好给别人讲古,好给学生讲字,好编排一些时事顺口溜让别人传诵,学的那些东西,只能往这方面发泄,竟成了瘾。别人同情他"生不逢时",就给他起个绰号"杨秀才"。

比如,公社化了,女子也顶半边天,男人偷懒溜猾不好好干活,他说怪话:"公社化,发展了,女人变得没脸了,男人变得越懒了,地里庄稼瞎展(绝产)了。"

再比如,全公社联合起来搞平田整地大会战,他也说怪话:"早上出门麻糊糊,晚上收工黑糊糊,一天三两稀糊糊。"

队长奎子说:"你说话要注意呢,你再这么说,我要不管不问,怕也不是个事。"

杨定国说:"我也就是给放的羊说说,羊又不懂。"

土地承包之后,杨定国到须弥山庙会当了会长,得意过一阵,没想到须弥山被列为国家重点文物保护单位,成立了文管所,庙会不让办了,加上年纪大了,他便急流勇退,回清河村来了。

村人们也不常见他走动,见了,必然着墨镜,戴瓜皮小帽,背着手,捏着书,说:"提起三国乱如麻,不如我给你说杨家。我杨家,世代雄,杨令公有八只虎,还有女将随后跟……"

年轻人说:"秀才老爷,你那些陈谷子烂糜子现在没人听啦,连电视上演的人都不爱看了。"

"看?"杨定国说:"看什么呀?电视上你能看出来个啥?我活了大半辈子,黄土壅到脖子里,冷眼一只看世界,也没看出个啥名堂。"

年轻人走远了,便又独自叹息:"生不逢时,天意灭我,如其奈何?"

该死的笊篱

AI SI DE ZHAO LI

旧社会时,宁南这块儿地方没有能办起秦腔戏班的村庄,可这块儿地方的人偏就爱那个调调,因此想在家门口看戏,就得写约请陕西兴平、甘肃平凉一带的戏班子。写约、下聘的人都是本地方有头有脸的人物,固原北川的祁五就有这个资格,再怎么说,人家是个省参议。

这年秋天,城隍庙会,请了陕西兴平的一个秦腔班子来唱五天五夜大戏。人来了就要吃喝,尚得开钱。祁五一句话,城隍庙的四个角子亦得抖上几抖,没有个敢不听从的。传话下去,按人头收钱收粮收清油若干。"三没有"的便要吃些苦头，干些粗笨脏累的活计。

爷爷那时候给人拉长工，自然属于"三没有"之人。祁五就背了双手踱着方步绕爷爷转一圈儿，说："你就担水"。

爷爷的脸上立时土就下来了。戏在城隍庙上演，城隍庙离庄子有一里多路。庙里八口大缸必须时时水满，而宁南的水井又极深，须得一轱辘一轱辘将水绞上来，还没有个满桶的。担水看似轻松，实则累得你屁滚尿流。

爷爷就担水。

那时候正是秋雨满街流的季节。城隍庙四周的城壕里积满了雨水，其品质远比那浑浊的土井水品质要高，只是满有蝌蚪，宁南人叫做"蛤蟆舸走子"。爷爷本着"眼不见为干净"这一原则，乘夜晚人们看戏入迷之际，将那城壕里的积水挑满水缸，然后用笊篱将那些蛤蟆之子细细打捞干净，天明只需挑来井水边用边添罢了，人不知，鬼不觉。

偏巧最后一夜，陕西人唱得格外卖力，戏亦精彩。爷爷也是秦腔迷，硬耐了五天四夜早已是心干火燎，匆忙中胡乱捞了一阵，自以为最后一夜，不会出事，便扔了笊篱，看戏去了。

第二天早饭时间刚过，秦腔班班主便来拜会祁五，出言便有

李方

些愤然:"祁五老爷,戏唱得不好,还望海涵……"祁五只道是临别前的客套,亦抱拳回道:"过谦,过谦。精彩,精彩。"哪料班主冷笑道:"精彩尚且饭中加了蛤蟆舸走子,如不精彩,恐怕是要将蛤蟆都端上来了。"祁五何等聪明之人,立时明白,但碍于一地之主的脸面岂能承认,却编科撒谎:"班主有所不知,本地皆用土井之水,为保井水清洁,故放青蛙吃虫吸泥,因而不可避免……"班主亦知他是自找台阶,便不再辩,只言另有约帖在手,开了钱好行程赶路。

待得戏班一走,祁五便将一切恼怒发泄在爷爷身上,重打五十大板,另收钱粮油若干,今年没有明年偿还。

现今爷爷每提及他的瘸腿,只骂:"该死的笊篱。"却不骂祁五的狠毒,实乃怪事。

老两口

AO LIANG KOU

老两口一人一只小方凳,坐在枸杞树下摘枸杞。

男的方脸阔背,身板结实,看得出年轻时有一身好力气。女的瘦瘦小小,可窥年轻时的娇小玲珑。

天是蓝得很,像一匹无边无际熨烫得十分平展的绸缎。也有几丝云,淡淡的发白,粘到天上,像是那些蓝色的绸缎上不经意落下的细细的几条棉丝线。

午后的风没有声音,但能感觉得到。尤其是在这庄子里,四面都是墙院、房屋、麦垛、柴火,还有无尽的树木,有这么多的障碍,风的脚步还是能款款地移过

李方

去，穿透枸杞树林，钻到树空里来，实在是难得。

枸杞树的叶子不是很大，像三月间柳树的叶面儿，两头尖细，中间略宽，却是很密。

枸杞果儿也不是很大，小小的，红红的，皮儿又薄，很容易就破了。

"一破，就发黑了，就卖不上好价钱了。"男人说。

枸杞年年摘，年年晒，年年卖，这个道理女人当然知道。但是她说："就是，不敢叫破，破了就发黑了，卖起来人家弹拨（嫌弃）呢。"

男人又说："去年的价钱不太好，一斤才七八元，不知道今年咋样？"

女人说："谁知道啊，咱两个都不赶个集，人家收枸杞的人说多少是多少。"

一群麻雀飞临，叽叽喳喳地吵闹，打断了老两口的谈话。

男人放下手中盛枸杞子的塑料盆，吃力地弯下半身，又躬着腰从枸杞树下钻出去。

枸杞树上有无数的细尖细尖的硬刺，一不小心，就会勾到衣服上。

女人抬头看着老伴儿,说:"小心点。"

男人答应着。

站到枸杞树的空隙里,男的半昂着头,伸着脖子,对着枸杞园的四周,"扑噢""扑噢"地喊了几声。一喊完,就咳嗽,一咳嗽,就深深地弯下腰去。

女人将自己摘的枸杞往男人的塑料盆里倒了一些,又把那盆的沿儿用手抚摸了一下,就像是抚摸着老伴的肋骨。

女人说:"算了,你不要再喊了,雀儿不会怕的。"

男人就真的不喊了,弯腰又钻到枸杞树下来了。男人说:"真是怪,现在雀儿都不怕人了。怕是咱们真的老了,声音也低了,雀儿听不见了吧。"

女人慈眉善眼地看着男人说:"你也不是多么老,你手还灵便着呢。你看,你比我摘得多。"

男人看自己的盆子,里面的枸杞真的比老伴盆子里的多,心里就很高兴,觉得自己真的还不是很老。

女人就扳过男人的脊背,边看边问:"刚才起来的时候没扎着吧?"说着,就用手满背子摸。

"没。"男人说,声音轻得只有两个人听见。

女人摸着男人的宽背，自然想起那久远的似无可追忆的过去，有多少个夜晚，她就是被这面脊背背出那深宅大院，到他的小草棚里与他幽会的啊！

那时候她是大户何守仁家的少奶奶。少爷病死了，她年纪轻轻守了寡。公公何守仁每天用鹰一样的眼睛看着她。

那时候他是何守仁家的长工，身板结实得像一匹骡子，每晚给牲口添草，就将少奶奶装在那个特大的背筐里，上面铺上草，从何守仁的眼皮子底下背出去，天亮的时候再背回院子里来。

如果不是那一回背筐上的绳子断了，少奶奶像变戏法一般从背筐里面滚出来，何守仁还以为他年轻的儿媳妇真是一个"节妇贞女"。

自然只有逃亡了。

逃亡。流产。大出血。不育症。

男人给女人跪着说："是我害了你，坏了你的名声。使你有家不能回，还差点送了命。"

女人给男人跪着说："是我坑了你，我已经是个寡妇了，你原本要攒钱娶一房好媳妇的。"

说不下去了,就不说了。却发了誓:此生此世,两个人谁都不能再给谁下跪。

解放了,重新回到清河村,政府承认他们是合法夫妻。

但他们却一辈子没有儿女。

现在,老两口在夏日午后的枸杞园里一个一个慢慢地摘着枸杞子。

白云在飘,清风在吹,麻雀在叫。

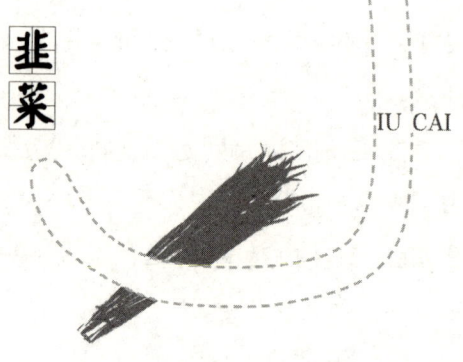

韭菜

IU CAI

我一直固执地认为,固原是没有郊区的。换句话说,我是否认固原为一座城市的。事实上历朝历代,朝廷一直是将固原作为必争之地、军事重镇来对待的,深沟高垒,青砖墁墙。这里东南西北共十二道城门,重关巍峨,居高临下,一夫当关万夫莫开,是一座易守难攻的城池。城壕之外,是为乡村。现在,当然称这里为郊区更为确切一些。但城壕填平,市区不断扩展,已没有明显的城乡界限了。

　　老赵是东岳山脚底下东红村的人,却在固原城内上学,也曾工作过不长不短的时间,一直在城乡之间往来奔波,很难说他是城市人还是农村人。

　　老赵的小学是在武庙小学上的,就在人民街的中段东面,原来是一座武庙,后来将庙神拆除,改为学堂,就是现在的城关第二小学。老赵上学的时候,外城、内城还都保存着,连城门楼子都在。除了在课堂上听老师训导而外,课间的时候,恐怕也没少和同学在内城墙上的蒿草丛里抓狐狸吧。以他那样的暴烈性格,冬季里点燃城墙上的枯草看热闹的事自然也是有的。

东岳山距固原城一公里。参加工作了的老赵,每日涉清水河,入城东安边、保宁二道城门来单位上班。夕阳西下,暮霭缭绕,他再穿城东二门,过清水河,出现在眼前的便是一派田园风光。

老赵喜欢清水河曲里拐弯的河道里的那些柳树,也喜欢河岸两边的畦畦菜地、块块麦田。来来去去,事不紧急,老赵还要揉揉麦穗数数麦粒估摸一下单产;或者以手抚摸着柳树苍老粗糙的黑皮,一手夹着香烟,一棵一棵地摸过去,直到他吸完一支烟,在柳树底下站一站,赞叹一声,才走。

早晨,霞光万丈,鸡鸣狗吠,老赵站在城门外,看血一样的霞光铺洒在砖包城上,有一种意气勃发在身上,很浓烈。到单位闲着无事,老赵便与同事下棋,同事悔棋一步,导致老赵惨败。老赵用棋盘棋子给同事头上"筑"起了几个大包后,径直出城,回到东岳山下,再没有到单位上去过,丢了工作。

东岳山上是有庙的，晨钟暮鼓，老赵听得一清二楚。

回到生产队劳动的老赵，依然改不了那暴烈的性格。队长让他看守葵花，社长掰了一个葵花头边走边吃，老赵跟在屁股后头给社长讲道理。讲到半路，社长看他认了真，也就动了气，甩给他五毛钱算是补生产队的损失。五毛钱，不算少，可以买十颗鸡蛋。老赵拿去给生产队的会计让记载到副业收入里。回到家里，更让老赵生气。老婆竟然借了生产队的驴拉石磨磨麦子。"这驴犁了一早上的地，你还不让它缓一缓，你还是个人不是个人？"老赵说。说完解了驴拥脖，将驴牵到饲养圈里还给了饲养员。返回来自己抱着磨棍自己推。毕竟守了一早上葵花，什么也没吃，又跟着社长走了那么远的路，头晕恶心。自己嘀咕：我说为啥让驴推磨要带驴蒙眼呢，原来是怕驴围着磨转头晕恶心呢。于是扯过驴蒙眼给自己蒙上，接着再推。

土地承包的时候，城东清水河两岸的东红村，已经成为城郊蔬菜基地了。清水河里，早已没了清水，只有铁合金厂、淀粉厂、皮毛加工厂、屠宰厂等等各种各样厂里的废水和城市下水管道里涌出来的脏水了，水呈褐红色，泛泡沫，散恶臭。那一河道的柳树或枯死，或明砍，或盗伐，除北海子那段尚存一片外，其余皆无，唯露一河滩明晃晃鸡蛋大的石头被太阳暴晒。

但那仍是土地啊!分土地,一家一户都有几分河滩地。

老赵将自家可以种菜的土地与各家各户的河滩地兑换了。一句话,凡属于东红村的河滩地,全归在了老赵的名下。

岁月如刀,刀刀催人老。

去年老赵去世的时候,河滩里的柳树已经初具规模,可以称之为林了。

没了可以播麦种菜土地的老赵,每年春、秋两季带着老婆植树,夏冬两季拖着老伴要饭。二男一女三个孩子都参加了工作,在固原城里住着,但老赵就是不去,也不让老婆去。老婆一辈子无话,老赵说什么是什么,老赵干什么她跟着干什么。只有一件事她没办法跟随,那就是生命的终结。老赵临死前一年,在自己栽植的柳树林的对面的河岸边为自己掘了一孔墓穴,在穴顶上种了半分地的韭菜。老赵给老伴说:"韭菜这个东西好,割了再长,一茬一茬不落空。我死了,没人割了,它长老了自然会开花,白花。这不是年年有人给我在坟上戴孝吗?好得很。我死后给娃娃们说,不许哭,不发丧,不祭奠,把我放进墓穴里去,用砖封口,用水泥抹平就行了。"

老赵死后,老婆孩子们照办。然后,老婆子继续植树,孩子们照常上班,东红村里的人很久以后才知道老赵已经入土为安了。大家都跑去看那片韭菜,真的长老了,花全开了,白灿灿一片,像是跪倒在地的一大片戴着白孝帽的人。

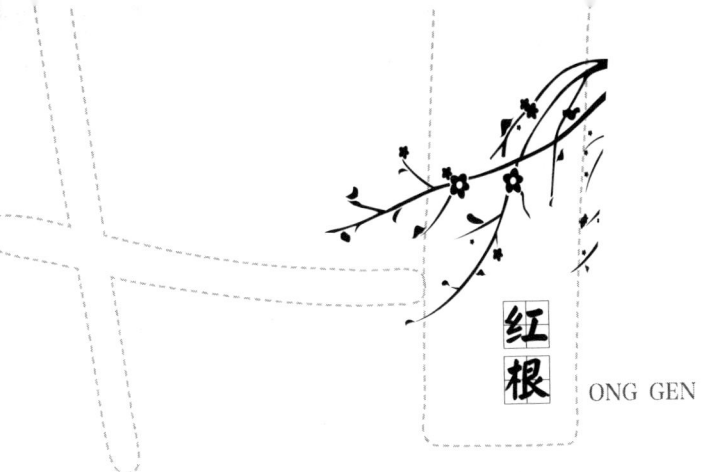

红根

ONG GEN

一场一场的西北风扫过之后，你就知道，漫长的冬天就要来了。

怎么个漫长法呢？

就像积雪。昨夜里你并不知道，什么时候下的雪呢？一早上推开门一瞅，哎哟，冰冷的雪灌进了你的鞋窝儿里，像是将唾沫星子溅到了脸上的那么一种凉。你的眼睛不够用了，平时看着的破墙塌房，瘦树枯木，都肥了么。肥得眼睛里装不下了，憋得眼窝儿发胀，赶紧眯

李方

了起来。

一整天太阳还那么暖和。

廊檐里的消雪水叮儿咚儿地响个不停。你定定地看那落下的水滴儿,"叭叽、叭叽",一滴一滴地坠下来,在碎石上破了,成了珠儿,四散着,还没有看出珠儿都飞到什么地方,又"叭叽"一点,脚跟脚就下来了。看了半天,有些晕了。一抬头,有一个小小的影儿倏忽一晃,"吱"地一声,那是个鸟儿,不知道飞到哪儿去了。

下午硬硬的寒风一刮,满院子冰碴,走路就得咬着牙,十个脚趾头在鞋壳里都动员了起来,紧紧地抠着鞋底儿。鞋底儿里像排了无数的大麻子,其实呢,全是麻绳蛋蛋,是妈一针一针纳出来的。你看,你连一双袜子都没穿。

有时候,脚趾头蛋儿抠不住麻绳蛋儿,冰碴子一滑身子一晃,白瓷碗就像一页很薄的纸,轻飘飘地飞了出去,叭地一声端响,成了五片。有时候少一点儿,成了三片。有时候呢?多一点成了八片。

当然,打是挨了。

碎白瓷碗片儿归你。

眼泪掉到白瓷碗片儿上,你就想到了太阳下廊檐上往下掉的消融的雪水。"叭叽、叭叽"。

　　草房子外面的一个角落里,你攒着一堆的白瓷碗片儿。

　　不都是你打碎的。有些是大[1]打碎的,那是大对妈不满意。大对妈不满意的时候,就把白瓷碗高高地举过头,又用力摔下去。"叭!"那么短促,白瓷碗就碎了。大打的白瓷碗片儿都很小,你几乎没有看上的。

　　大对妈为什么不满意呢?

　　想了几个漫长的冬天,你还是不知道。大人们么,你想,都怪得很。

　　你呢,你才是个黄草芽芽的碎娃娃么。

　　睡了一晚上,一早起来,一开门,你又哎哟了么,雪又下了么。

　　冬天就是这么个漫长法儿么。

　　啥时候天气暖和了,地上的雪融化了,我挖红根呢?你望着厚厚的积雪想。

　　夜里你一遍一遍地想。想积雪。想红根。想那个歌谣。想草

---

(1)大:西海固方言,即父亲。

房子外面一个角角里的白瓷碗片儿。还想香香。

积雪。红根。歌谣。碗片儿。香香。

想得你都不想想了。

翻过来,炕烧得很。

翻过去,炕还是烫呢。

把雪都放到热炕上,一下消完去。你想。

天气一下子就热了。热得很。棉袄棉裤都有些穿不住了。

你有个小铁铲子。小得很。小铲子的把是一个碎牛娃子的角么还是一个羝羊的角,你认不来。是爷爷给你安上去的,抓上去,硬得很,又光又滑,你的手刚好抓完,合手得很。

你把小铲子翻出来,擦了又擦,又用消融的雪水洗,洗得没有擦得那样亮了。小铲子就钻进棉袄里,入了怀。那么凉的小铁铲子,贴了肉,把你凉得打了一个冷战。

香香在外面等你呢。

"哎呀,哎呀",你跺脚,拍手,跳跃;"哎呀,哎呀",你喊。

那么大的空旷的地。

一人一个小铁铲子。

一个一个勾着头,撅着屁股,一寸一寸向前挪着脚步。

像一群在野地里寻食的鸟儿。

消融的雪水把地浸润得潮潮的、软软的。

偶尔抬头朝庄子里一瞅。

天爷!你看到了啥?你看到了村庄叫一片淡淡的、浅浅的草绿和嫩黄笼罩住了。

你勾了头,继续寻着红根。香香和你并排靠在一起。

"红根红根你出来,我给你穿双大花鞋。"

"红根红根你出来,我给你穿双大花鞋。"

用小铁铲子将浮土一刨。哎哟,你又叫了。几小片小小的绿芽儿在浮土下像藏着的小虫子,露出来么。

你一铲子一铲子挖下去,挖了将近有两寸深了,红根红红的身子直直地挺着,你就用另一只手抓住了。使劲儿往上一拔,红根完全地到了你的手里。

手里有一把的红根了。

天气真的热起来了。

你想起了草房子外面一个角角里的白瓷碗片儿。

那些白瓷碎碗片儿,都被用冰凉冰凉的消融的雪水擦洗得干干净净,闪烁着一种祥和轻柔的亮光。

李方

红根的寸节是用小刀切出来的。红根其实只是皮红而已,内里仍显着一种肥肉一样的腻白。

一个个白瓷碎碗片儿充当着碗或者碟子,那是居家过日子的用具。一个个碗或者碟子里盛满了红根的寸节、黄黄苔的寸节、辣辣草的寸节。它们的小芽小叶,都被切得很碎,那是一碗碗或一碟碟的炒菜。

香香是新媳妇,而你呢?是香香的新夫婿。

你们往往坐在冬末春初的阳光里,在一堵避风的墙根下,做着夫妻。你们的面前,是十碟子八碗的美味佳肴,还有那么几个同伴,他们是来吃宴席的贺喜人。他们用细席眉子当筷子,夹起红根的寸节、黄黄苔的寸节,还有辣辣草的寸节,他们吃着"肉"。有时候,他们也吃一些"炒菜"。

阳光朗朗地照着。

他们斯斯文文地吃着。

照着。

笑着。

吃着。

神圣而盛大的婚礼。

妈差点把你打死的婚礼。

而今,我坐在一间小房子里写着小说。香香其实是我的妹妹,只不过,香香的妈不是我的妈。

终于想起来了,我们玩过家家的那些碟儿碗儿,是我大对我妈不满意的时候打碎的。

榆钱

U QIAN

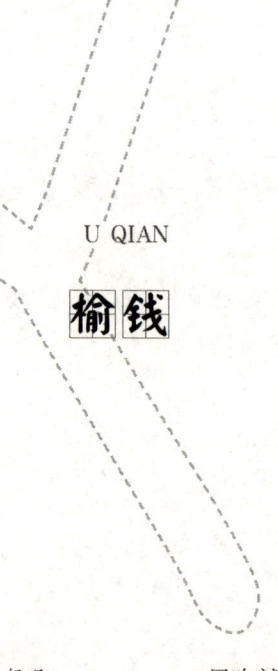

风咋就那么轻呢？轻得很，轻的不觉着么。但是你的衣衫咋又能摆动呢？还不是风吹的么。这你就想不明白了么。风那么轻，轻得能抓住呢，你把手探下去，捏着衣衫的角儿，衣衫就不动么。风被你抓得牢牢儿的了。

风咋就那么清呢？清得你能感觉到。你吸吸鼻子，那么清的风就跑到你的鼻子里来了。什么味道呢？这你就想不清楚了。你整整一个冬天就没有闻过那么清的味道嘛。

你就跑到村子外面去看风。

整片整片的地上，只是一片潮湿。

你啥也看不到。

地还是地。可是没有雪了。雪都消了,消成了水,水把地里的胡墼疙瘩都泡软了,胡墼疙瘩就散了,一散,地就平了。

太阳一照,地上往外冒气呢。冒的气不大,就像烧水时,水刚温了的时候,锅盖一圈儿升上来的气,软得很,那么一扭一扭地飘。地的遥远的边边上,好像有水呢。曲曲弯弯地像被风吹起来的波儿,向更远的地方流了去。更远处,是山。你没有走过那么远,你只是常常站在村子边上看,你不敢想走到山跟前去。要走多少天呢?得一天一夜吧?

爷爷是常去的。

爷爷往往头一天的夜里上路。爷爷往怀里揣几个妈烙的干粮饼子,腰里扎一圈蓝灰的宽布腰带,然后将平时合好的牛皮绳(那么长,你从来见过那么长的牛皮绳)摆成一个大黑圈,套在他的肩膀上,爷爷就摸一把山羊胡子,笑笑地用手摸着你的头,啥话都不说,转身就走。

你问:"爷爷你去哪儿?"

爷爷头不回,爷爷说到山那面的街上去。

你说:"你还去卖牛皮绳?"

爷爷说:"嗯。"

李方

爷爷走得远了,你直着脖子喊:"爷爷,你啥时节回来?"

"明儿后响。"

"你回来给我买啥呢?"

"给你买洋糖蜜枣儿。"

夜色哗地一声铺下来,黑得很,黑得你看不见爷爷的影子了。你害怕极了。你害怕这黑夜一口吞了爷爷,爷爷就不会再回来了,永远地不会回来了。这么黑的夜,山里有狼呢,狼不会吃了爷爷?夜不会吃了爷爷?野狐子呢?野狐子怕吃不住爷爷。野狐子只敢吃个鸡。不过野狐子有本事呢,野狐子钻到鸡窝里,嘴把鸡的脖子咬住,就用尾巴打鸡,鸡连叫都不叫一声就走了。

庄子里被野狐子偷走了多少鸡啊。

爷爷一走,你就整天地跑到村口去看那山,看那么远的山。

看得眼睛发酸了,就像有个虫子扇着翅膀飞进眼睛里那么酸,你就揉一揉眼睛,抬起头一看,看到了身旁的歪脖子树上的榆钱了。

庄子里的榆树多得很。

有多少呢?你心想。有一回你下了决心想把庄子里的榆树全数完。就一个劲儿跑,一个劲儿数。你看到一棵榆树就压倒一根手指头,后来,你把十根指头都压完了,最早压下去的指头蛋儿上出了一汪水,汗津津的。可是你一看,还有那么多的榆树没有"压"下去,但你的指头用完了。你扭一下嘴,算是又数了一棵,你又闭着嘴点了一下下巴,算是又数了一棵。到底有多少榆树呢?

你把手指都张开,你想,我不数了。我数不来了。

你就只记住了庄头那棵最大的歪脖子榆树。

你常常围着那棵榆树转悠。

别的榆树都长得直溜溜地,这一棵为啥长着长着就要拐一下呢?准是它正长着,有谁把它揉了一把。你这么想。

一看到歪脖子榆树上黄嫩嫩的榆钱,你就忘了爷爷,你就不想看那远得走不到的山了。

你就脱鞋,把那一根红裤带解开,把上身的单衣塞到裤腰里,再把红裤带扎紧。脱了鞋,你就往榆树上爬。

拐弯儿这里最难上。得把整个树干死死地抱住,一点一点往上纵。过了这个弯儿,再往上爬,就容易了。

爬到榆树的顶,你就感到风不再轻了,风很重,好像人的巴掌,要把你扇到树底下去。你不敢再往远处看,也不敢再往树底下看了。

榆钱儿很厚,四周围却薄些。有些长得早的榆钱儿变白变干,风一吹,飒飒响。

你摘着一片一片的榆钱儿,慢慢吃。

榆钱儿一摘,结榆钱的把儿那里就空了,只剩下一个小小的暗红色的小窝儿。

吃够了榆钱儿,你就以手紧紧抓着一根树枝,十个脚趾头牢牢地抠着树杈,另一只手,解开衣衫的最上面的两个扣儿。你看准一嘟噜的榆钱儿,手从最上面按下去,用力往下一捋,就满手的榆钱儿。从解开扣子的地方把手塞进去,手一松,凉爽的榆钱儿沿着你瘦嫩的皮肤快速地滑向腰部,似一股细小的水,向裤腰那儿流,流到裤腰,像一道坝堵住流水一样,榆钱儿被截住了。

你就猴子一样在榆树上挪来挪去,拣榆钱儿厚密的地方捋,捋得你肚子、后背都大起来,整个儿一个"满腰转"了,才肯下树。

榆钱儿和一点点面,拌好,放在蒸笼里蒸。

还没熟,香气就像太阳照着,往外冒。

吃起来有多香啊。你问妈:"妈,香吗?"

"香。"妈说着,微微一笑。

你很少看到妈的笑。

自大⁽¹⁾劳改去了以后,你再没有见妈笑过。

妈大概已经忘了怎么笑了。

人是最肯忘记事情的。就像你吃榆钱儿的时候忘了爷爷一样。

第二天,你还是去望山,去等爷爷,去爬树吃榆钱儿。

后晌黑的时候,起了黄风。

黄风刮起来不要命,把啥都吹得看不见了。

你趴在树上不要命地嚎。

黄天黄地里你只听到爷爷的声音在喊你。

你就顺着树干往下溜,溜得很急。

你觉得到了拐弯儿那里你的肚皮子凉了一下,又疼了一下,你就悬空了。

等到你肚皮子上出现了一条肉色的蚯蚓,爷爷却在一个晚上吊死在那棵歪脖子榆树上了。

爷爷给你在山那面的街上买的洋糖和蜜枣儿你还没有吃完呢。

现在,我坐在一间小房子里写着小说。一写到上面那句"你

---

(1)大:西海固方言,即父亲。

还没有吃完呢",我就觉得腹部一阵绞肠痧般的疼痛。

其实,那伤疤早都不疼几十年了,但现在突然疼起来,我不觉得有什么奇怪。我只是想起了别人说的那句要爷爷命的话,你爷爷和你妈……

葵花

土里冒出了两片小芽芽。

小芽芽的四周,有一个很大的圆圈儿,刚下种的时候姐姐就画上的。

"姐姐,为啥要画个大圆圈啊?"你问。

"怕你偷着刨籽种吃。"姐姐一边点葵花,一边说。

"我不吃。宁吃屎,不吃籽。"你说。

"不吃就好。不吃,葵花籽就发芽了。一发芽,长得高高儿的,花开得黄黄儿的,头结得大大儿的,到那时候,你就有吃不完的葵花了。"姐姐说。

李方

你站起来看着姐姐。

姐姐的头发多么黑多么密多么长呀。姐姐一低头点葵花籽，就连头发都种到地里去了。姐姐额头上的头发，有几根被汗浸湿粘到头上了。还有一根，飘下来粘到姐姐的脸上，拐了好几个弯。你替姐姐难受，想把那根头发拈起来。于是你一抬手，呀，两手的泥土，这么脏的手，咋敢动姐姐的脸呢？姐姐的脸好白好净啊。

"姐姐，你给我好好说，你为啥要画个圆圈呢？你不画圆圈，我就寻不着了嘛，你一画圆圈，我就知道把籽种点到哪儿了，我刨起来就不费事了。你说怕我偷着刨籽种吃，你哄我呢。"

姐姐嘿嘿嘿嘿笑起来。

姐姐转过身，捏着你的脸蛋说："弟你真聪明，你长大念书，保准得第一。"

姐姐说的时候，你赶紧把手抬起来，用袖子把姐姐脸上的那根弯溜七八的头发抹掉了。

"没了。"你说。

姐姐说："啥？"

你说："你脸上的头发没了，叫我拿袖子擦没了。"

姐姐转着眼珠子想了想，更笑了，笑得直拍你的腿。

"你个小淘气鬼,快别缝子。"姐姐说。

你得意了。

你是在松软的园子地里别缝子的。用一把小铲子,使劲插下去,握着铲子把前后一摇,地上就出现了一道浅浅的缝。

姐姐是点籽的。

姐姐跟前还有一笼子细粪。姐姐把葵花籽小头子朝下,大头子朝上,放到别好的缝子里,又往里面撒一点点细粪,然后用手把土一抹,葵花籽、细粪、别的缝子就全都没有了。

地很平。

姐姐就画一个大圆圈,把埋了葵花籽的那一块圈住了。

姐姐画一个大圆圈,说:"大,妈,你,还有我,啥时候到园子里来,一看这儿有一个圈,就知道这儿点了葵花籽,就不胡乱踏了。不然……"

"不然,一脚踏上去,就把葵花踏死了,出不来了,对吗?"你聪明地说。

"对对儿的,弟真聪明。"姐姐夸奖你说。

"我想着,肯定不是怕我偷着刨种子吃。"你自言自语。

很快,葵花出了两个小芽芽。

地上看起来已经影影绰绰了，不大真切，像蒙着一层玻璃纸。那两片小芽芽，怕冷似的，一颤一颤地动。

"呀，姐姐，这儿出来了两片芽芽。"你大喊。

姐姐赶忙跑过去看。姐姐说："赶紧寻些烂瓦，罩在它们头上。"

"罩上干啥？"

"鸡、鸭，还有鸟儿，都吃呢。要是早上冷，还会冻死呢。"

地上就这儿一片，那儿一片，盖上了瓦。

"弟，"姐姐说："你要操心呢，天天揭着瓦看，一见有长高了的，就赶紧把瓦揭了。不然……"

"就叫瓦压死了？"你说。

姐姐就笑。

小芽芽出得越来越多了，瓦也越盖越多了。长得越来越高了，盖的瓦就越来越少了。

就开始落雨。

你不敢进到地里去。你怕进到地里把地踏瓷实了，葵花就不长了。你只能站在地边上看。

雨不紧不慢地飘。飘到那些油绿发亮的已经长大了的葵花的叶片儿上，有的叶片儿大得能盛住雨水。雨水顺着叶面上细细的纹路往叶子尖儿上聚，聚着聚着，聚成了明明亮亮的一滴，却不掉下去，再聚，雨滴越聚越大，聚得你的心悬起来，既害怕它掉下去，又想赶紧让它掉下去。刚一眨眼，雨滴就不见了。

你就舒心地一笑。

毛毛雨，大大下，精钩子娃娃堵涝坝。你想，我堵涝坝干啥去啊，我看我的葵花呢，你就想，毛毛雨，大大下，向日葵，开花吧。

花就开了。

开得满园子都是。到处都是。房前屋后，渠畔树空，开成了一片金黄色的海。

你感到不可思议。你和姐姐并没有种这么多嘛，咋一开，到处都是呢？

你给姐姐说："姐姐，姐姐，葵花会洇呢，种一窝，就洇一大片。"

姐姐说："就是啊，葵花会洇呢，赶明年，咱们多种些，洇得就更多了，连炕头上都洇上，你睡在炕上就把葵花头掰下来，躺着吃。"

"真的吗？"

"真的。"

满院子蜂儿。

嗡,飞过来一个。

嗡,飞过去一个。

这些蜂儿讨厌。你想。我种葵花的时候你们害怕把你们冻死,不敢飞来,我种的葵花开花了,你们赶紧飞来,整天趴在葵花上想干啥?我打死你。

你追着蜂儿到处跑,跑得一头一脸都是汗。

姐姐说:"弟,你跑啥?"

"我打死这些讨厌的蜂儿。"

"你打蜂儿干啥?它又没惹你。"

"蜂儿偷着吃咱们的葵花。"

姐姐说:"蜂儿只采粉,采粉造蜂蜜,你打死蜂儿,八月十五烙月饼,哪来的蜜呢?再说,你把蜂儿惹了,蜂儿蜇你呢。"

哎呀。你想到蜂儿的毒刺,害怕得很。

姐姐擦着你头上、脸上的汗说:"你要把蜂儿打死了,那个放蜂的人来打你呢。"

"就是那个陕西来的放蜂儿的吗?"你问。

"嗯。"姐姐咬着嘴唇,点着头。

"他敢?他个陕西干板。"

姐姐皱着眉头说:"弟,不许说骂人话。谁给你说他是个干板?"

"大,还有妈。"

姐姐沉着脸说:"你是个碎娃娃,乖弟弟,你不要说。"

你就不说了。

来年,葵花种成了海。

开花的时候,葵花的绿杆组成了无边的绿色的墙,遮得密不通风,庄子里甚至因为不透风而格外地热,热得很。葵花的头,也组成了墙,一面金黄灿烂的墙。你爬上树,往村外一望,你只看到了一片的金黄浮在绿色的海面上。你就疯了一样在村外的葵花地里钻出钻进。

钻得你头发上,脸上到处黄灿灿的一片。

那个陕西来的放蜂人看着你直笑。

"你笑啥?"你看到放蜂的陕西人头上戴着一顶奇怪的帽子,把脸都罩在里面,正用手提着一个方方正正的纱网板翻过来倒过去。

"我笑你像一个采粉的蜂儿。"

"那你像个啥?你像个偷东西的贼,蒙着脸。"你说。

"我是怕蜂儿螫了我的脸。"

你回去给姐姐说:"那个放蜂儿的陕西人没有我的胆子大,脸上蒙着纱布,怕蜂儿螫了他。"

姐姐一笑,说:"蜂儿螫了他的脸,他就不好看了。"

第二天,你看到姐姐出了门,去了村外的葵花地。

你看到无数的蜂儿,落在无数的葵花头上。

蜂儿的身子伏在花盘上,两条后腿一蹬一蹬,把花盘上的粉都粘到了它们的腿上。你想凑近一些,看得更仔细些,这些蜂儿怎么把粉造成蜂蜜的。

一只蜂儿嫌你碍眼,就在你的左眼皮上放了一箭。

你没命地嚎叫起来。

姐姐就从葵花地里跑出来,把你背回家,往你的左眼皮上一个劲儿地擦大蒜瓣儿消毒。

你肿着眼睛看大、妈骂姐姐,打姐姐。

你急得直叫:"不是姐姐的错,是我惹的蜂儿。"

当天,陕西的那个养蜂人就走了。

第二天,姐姐不见了。

现在,我坐在一间小房子里写着小说,我知道姐姐挨打不是因为我被蜂儿螫了眼。去年春节，姐姐和那个陕西的放蜂人回家里来，姐姐说："我那时候就说你聪明，果然，弟现在是个作家了，写小说呢。"

姐夫笑着说："可是当年，他说我像个偷东西的贼。没想到我是个大贼，连人都偷呢。"

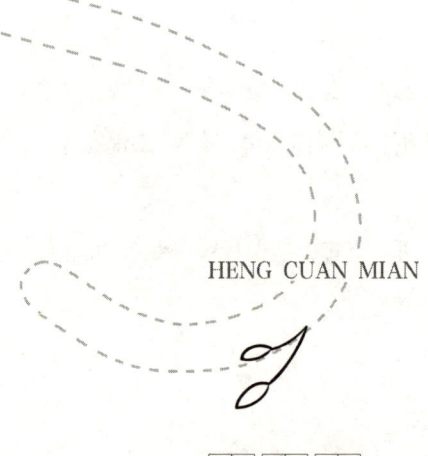

生汆面

出固原城东门,过菜园子,沿清水河一路北行,可直达三营镇。

清水河是黄河的重要支流,河两岸,杂花生树,庄稼掩映,东西两山,苦不甚高,却都蜿蜒曲折,高低起伏地错落着,两山加一川,护卫着河床。到了三营这里,东面的山是麻狼山,西面的山名叫须弥山。麻狼山因狼得名。过去,生态环境不像后来那样恶劣,狼是很多的。狼的毛色以灰麻为主，所以三营周边的人对一些明确的、不容置疑的事情，往往口气很硬地说："你还不相信狼是麻的，我要让你知道马王爷有三只眼。"马王爷只有在过年的时候从颜色艳俗的老式年画上看，但狼是麻的，这个却是可以在现实生活中验证的。过去狼患严重的时候，专门成立有打狼队，逮住、打死的狼无一不是灰麻的。

西面的须弥山说起来有点小复杂。须弥是梵语妙高的意思，佛教的解释是：须弥山是宇宙世界的中心。一望而知这座山是个香火鼎盛之地，也是佛像雕塑建造集中之地。但当地人一般都不这么叫。说起来都叫寺口子，这是比较有人间烟火气的叫法。山上建寺，两山对峙，所以叫寺口子山。其实寺口子也不是这么几个字，应该是四口子。孙悟空大闹天宫，与带着哮天犬的二郎神君杨戬斗得天昏地暗，二郎神施魔法，将两座山往一起赶，要把这个处于丝绸之路上的石门关关起来，夹死孙猴子。他赶着两座山快要合拢的时候，正好有个脚户吆着一头怀了驴驹的草驴，驮着他怀孕的妻子通过石门关。妇人看到两山快速移动，惊呼一声："啊呀，我的四口子。"女人的这一声喊，破了二郎神的法术，两座山戛然而止，不动了。孙悟空虽然后来被如来佛压在了须弥山下，但四口子这个地名还是在民间保留了下来。

三营镇就处在须弥山和麻狼山的中间地带，紧靠着清水河。

清水河现在是没水的，不像过去，水势浩大，载筏扬帆，直下黄河。现在是满河床白花花的石头。

三营这个地名是从明朝开始叫起来的，民间的说法是宋朝时杨六郎把守三关口，杨三郎在这里驻军和西夏人打仗，所以叫三营。其实是明朝廷重视马政，派杨一清到清水河流域为国家饲养军马，沿河一溜儿摆开，共设八座营，就像是清水河沿岸结的八个葫芦娃。

河里没水，岸上有路。三营在很早的时候就成了旱码头。从这里，往西，过寺口子的石门关，就是汉丝绸之路古道，朝凉州去了；往北，也是汉丝绸之路古道，奔中卫黄河古渡去了。都是丝绸之路，不过一个是北段西道，一个是北段北道而已。因为三营是丝绸之路上的重要枢纽，因此形成了商贸繁盛、货物集散的大市镇。

有道有市，就得有酒肆饭馆车马店。

俗世一直都是这个样子的。

干啥的把啥干，犁地的把牛喊，七十二行，行行出状元。到了现代，三营镇上就研究发明出了一种面食，叫生氽面。

琢磨出生氽面的这个人，姓马。当初研创生氽面的时候还年轻着。年轻人眼界宽、心思活，他看到南来北往的大车司机要在这里歇脚打尖，赶集贸易的人都要吃饭，就开了一家小饭馆。当然是以各种面食为主。三营这个地方不种水稻，不产大米，没几个人喜欢吃米饭炒菜。新疆拉条子、油泼辣子拌面、臊子面、洋芋面、炒寸节、烩面片……都是些家常饭，可口，饱肚，就是没特色。

老马琢磨来琢磨去，就发明了生氽面。

面是纯粹的旱地红芒麦用石头磨子磨出来，这样的面粉做出来的面，即便是开水面片，都有一股麦香味儿。然后将牛肉，加入各种调料剁碎，团成桂圆大小的圆疙瘩，水先烧开，揪面片下锅，把牛肉丸子氽到开水锅里，一起煮熟了，出锅，调盐、醋、油泼辣子、香菜，非得配一小碟咸韭菜、大蒜过口，不然不成体统。色香味俱全的这一大老碗端上桌，人就蹲在长条板凳上，大汗淋漓地吃。

吃完算账，八毛钱一碗。到今天，已经是十八元一碗了。

任何商品的口碑，都是不长脚而走天下的。因为跑长途的大车司机口耳相传，也因为当地食客的赞誉，老马的生氽面很快就创出了牌子，逢到集日，只能排队等候。

我刚参加工作的时候,生汆面刚好研制出来。我在须弥山脚下的一所乡村小学当教师,精力过剩,业余时间捏着笔胡涂乱抹,谓之文学创作,其实就是瞎糊弄,为周末不回家找个说得过去的理由。有两个和我一样半吊子的文友在三营镇当孩子王。周末了,骑着自行车,晃到三营去,海阔天空地胡扯一气,说得口干舌燥了,一看,到吃饭的时候了,走,吃生汆面去。

就是从每碗八毛钱吃起,一直吃,一直涨。吃到每碗十元整的时候,把自己的身份也吃出来了,最能说明问题的是,《人民文学》主编李敬泽来了,也轮得上我们兄弟接待陪伴了。

李敬泽清瘦着一张脸,眯缝着一双眼,按部就班地参加完官方组织的活动后,要去须弥山看看从北魏就开凿的石窟造像。我们就欢天喜地地陪着去,专挑保存得好的、精美的雕像看,从大佛楼一直看到相国寺,看得他兴趣盎然。到了中午,当然是要吃点好的。山下就有农家乐,想着要表现一下,这可是李敬泽啊。但李敬泽平静着脸,说:"吃个小吃,吃个特色。"

这好,就到了三营,吃生汆面。

给已经胡须花白的老马介绍了,说这是从北京来的客人,专门来吃你的生汆面来啦,好好招呼着,精心做着。

老马已经无需亲自动手了，儿子、女儿、儿媳、女婿一大帮在厨间忙活，他陪着我们坐，闲聊。

饭端上来了，吃吧。

吃着，问李敬泽先生："味道如何？"

李敬泽是厚道人，礼貌地回答："挺好。"

没想到老马叹息一声："不行了，远远不行了！现在，面是别人的，不是我的；肉是别人的，不是我的；调料也是别人的，不是我的。只有手艺是我的。但肉是注了水的，面是机器磨出来的，调料是掺了假的。别人看着我的生意好，也照猫画虎地模仿着做，你看这三营一道街，每家面馆都做生汆面。饭的味道差了，生汆面的牌子也倒了。世道人心坏了，面的味道怎么能好呢？"

李敬泽不吃了，停了筷子听着。

回京后，他把这件事写在他的散文《寻常萧关道》里，刊发在《朔方》文学期刊上。

在文章中，李敬泽这样写到："面其实很香。吃完了，老人把我们送出门口，他的脸上有郁闷的歉意，他又说了一遍：人有钱了，心狠了，假的多了。萧关道上，我记住了这个名叫马登元的老人。"

IAO MIAN YOU QUAN

进入十月,各级各类培训就多了起来,这可以看作是近年来的一个新现象新特点吧。这些培训倒不是全无必要,但起码有一多半是生拉硬拽、胡乱拼凑的。过去,胡吃海喝的事情太多,进入十月之后,各单位就经费吃紧啊。想想,吃喝就像一场接一场声势浩大的战役,从年头打到年尾,弹药消耗殆尽,大家都开始哭穷啊,要求计划外拨款,追加经费投入。现在不行了,没人敢明火执仗地吃喝了,年初拨下来的钱,有一些安静地躺在单位的账户上。看看年底,再不想办法花掉,只能睁着圆眼看着钱被财政上收回去,不但如此,细究起来,还有怠政的罪责不能逃脱。

怎么花钱,当然是个艺术活。唯一正当的理由,是办各种各样的培训班,把大家召集起来,请上几个这一领域挂得上号的主管、领导,按照专家、教授的标准付给讲课费。大家坐在下面,领导坐在上面，但不是讲话而是讲课，领导在满足了平常的权力欲之外，也很高兴有别样的自豪感和满足感，不时像学者一样抹抹头发、扶扶眼镜；台下坐着的下属，也不是平常那样的拘谨和腼腆，是受训而不是挨训，自卑感减少了许多。大家的心情是舒畅的，神情是愉悦的，会场气氛也是融洽的。就是吃饭，也很有年夜饭和国外派对的情调，自助餐嘛，端着盘子四处游走，碰上对劲的人，还要站在餐桌边绅士般交谈两分半，真是不亦乐乎，皆大欢喜。

我就是在这样的一次年末培训会上，见到她的。

自然，培训也有严格的规定和要求，既不能安排到风景名胜区，也不能食宿在星级宾馆里。这次，主办方将培训班安插到一个四周荒凉、飞鸟绝少的新建培训机构里。这里既不通公交车辆，出租车司机也摸不清方向。因此等我赶到时天上的星星都已出齐，晚饭早已结束。在报到处领取了培训材料和房卡，进入房间后，身心俱疲，也没了食欲。躺在床上，百无聊赖，我就翻看培训人员名单。女人的名字非常突然、非常刺眼、非常触心地跳了出来，使我一骨碌从床上翻了起来。

我抑制住心的狂跳，仔细地打量安静地泊在表格方框内的那三个汉字,那个很女性化的名字,不能确定就是她。这世上有几十亿人,中国就有十几亿,汉字就那么几个,同名同姓的人太多了。就像《中国青年报》的李方,经常为我赢得莫大的荣耀一样。再看工作单位一栏,是一家演艺集团。这倒极有可能是她。联系方式一栏内是一串数字,是个手机号码,还有她住宿的房间号。

差不多过去十五年了。

十五年前,我虽然已经结婚,但还不像现在这样老。从事着一种既写本子又兼导演的工作。这个女人(我想当然地认为她已经结婚成家了)还是个女孩子,刚从艺术学校毕业,待在家里找工作。我导演一台话剧,需要大量的、受过艺术训练的演员,她就来了。百灵鸟一样,叽叽喳喳,话多,语速快。但是录用的程序很简单,看简历,面试,录用。确定了她饰演一名雏妓。

"你能行吗?"

"行。绝对行。"

"对这个角色?"

"没问题导演,演什么都行。不会我可以学嘛,我喜欢挑战。"

让一个刚走出校门的女孩子演雏妓,这相当残忍,但非常具有挑战性。她不认为是残忍的安排,也愿意接受挑战。

这可真是一个既开朗又开放的姑娘。此后一个多月紧张排练,女孩子的艺术水准无可挑剔,唯一让我感到有点不舒服的是这女孩子的话太多。所有空闲的时间,都能听到她麻雀一样,喳喳喳,喳喳喳。这期间也有过几次交谈,了解到她的父亲离婚另娶,母亲改嫁远走,从小她就跟着奶奶生活,奶奶有糖尿病,一直吃荞面。

一个月后演出,无所谓成功不成功,就是做完了一件事情,各方面都有个交代,面子上能说得过去而已。

回到固原,全体作鸟兽散。只剩下女孩和我。

女孩子说:"饿了,要吃。"

"吃什么?"

"吃荞面油圈子。"

"这叫什么吃呀?吃个面都不好意思。最差也得吃个火锅、手抓羊肉什么的,吃荞面油圈算什么呀?"

"就吃荞面油圈,再啥都不吃。"竟有些新婚娇妻的恃宠而娇。

荞面油圈是小吃,只有柳树巷子里有卖。

荞麦不含糖,属小杂粮。用荞面煎炸的油圈,油而不腻,酥、软、中间空,像淡灰玉环,如黑红手镯。

卖荞面油圈的大妈见怪不惊,或许在心中暗喜,能够遇到这样的顾主,只问价,不讲价,不确定数目,吃多少算多少。女孩不矫揉造作,拿起来就吃,皱着鼻子,两粒雀斑欢快地跳跃。吃过两个,女孩的双唇上就沁出了淡淡的油渍,拿捏油圈的三个手指头也像出了汗一样,她就把手指放到嘴里去吮吸。夏日强烈的阳光穿透柳树巷两旁的树叶,把细碎的光斑投射到她的头发上、脸庞上和手里举着的荞面油圈上,油画一样刻在我的脑海里。

不多不少,共吃了十八个。女孩子八个,我十个。总共花费九元。

"以后多联系,有新剧目的话,记得联系我哦。"女孩子掏出纸巾擦着手上的油渍蹦蹦跳跳地出了柳树巷。

我知道手机号码是手雷。我害怕输入女孩特别女性化的名字让老婆发现,想到刚才吃的荞面油圈,就将女孩的手机号码姓名标注为"荞面油圈"。这样,即便她以后打来电话让老婆看见,我就有理由说去医院检查过有糖尿病,医嘱上说要多吃荞面。并且真的买了一包荞面油圈带回去。话说回来,荞面油圈,也确实好吃。

那天晚上,我强忍着糖尿病带给我的痛苦,没有和她联系。按理说,她也有培训花名册,如果她还有那段记忆,那么应该知道我也在某个房间里安睡。她没有动静,像我这样的年龄的人,如果唐突地给她打电话,就有些太不像话了。

课间休息的时候,两人都表情平淡,像是偶然在大街上相遇的一样,走在四散休息的人群中。除了岁月的风尘和俗世的困顿给额头上留下的印记外,她没什么大的变化。

在她的眼中,我大概也是如此吧。

她双手交叉抱在胸前,平声静气地说:"那次演出后,奶奶去世了,我就考进了现在的演艺集团,这些年一直都在巡回演出。"

她没有谈及家庭和这十余年生活的细节,也没有质问我为什么没再跟她联系。生活就是这样,会深埋一些事情,如果你不愿意将往事的骨骸挖出来暴晒,就不会有绝望的气息散发。你甚至会恍惚,那些事是真的发生过,还是仅仅在梦境中出现过。

十五分钟的休息时间确实很长,我觉得就像过去了十五年。如果她还像十五年前那样百灵鸟般或麻雀一样叽叽喳喳,时间可能会过得快一点。但是,她的话很少了。没有人能逃脱生活的追捕和折磨。

上课时间到,重新回到各自的座位上,恰如回到正常的生活轨道中,没什么可担心的了。

当天晚上，我在培训机构的周围走了一大圈，既没有发现有别的宾馆、饭店、商铺，更别提有卖荞面油圈的摊贩了。

我的糖尿病也越来越严重了。

清顺城

按地形来说,固原古城就像是建在一只千年龟的背脊上。龟头是古雁岭,向前延伸到清水河,金龟吸水,金汤永固。事实上,固原正处在中原农耕文明的朝廷势力范围和漠北草原文化的游牧民族掌控区域的交叉点上,自建城以来,攻伐防御,无论官匪,破城不知凡几。每次城池易主,必有几处破损,尚来不及修补,下一波进攻与防守又拉开了帷幕。到了民国九年,海原大地震,城墙毁损,建筑坍塌,一座古城,差不多已是废墟。

但古城南门外的鞍鞍桥一直都在,并且还完好无损。鞍鞍桥是座单孔石拱桥,桥头上建有财神楼,因此就显得这桥既高大巍峨,又烟火缭绕。古时从长安往北来萧关,翻上开城梁,白天可见古城东城墙上的六角魁星楼,夜里能看见城南鞍鞍桥

李方

上财神楼的灯火。

据说民国的时候，有来自固原、陕西彬县、西安的三个人，因大雪封山，被困在六盘山下和尚铺的车马店里，他们百无聊赖，就以高为赛，进行不上税的吹牛项目。

西安人说："我们西安有座大雁塔，离天只有一尺八，可谓高矣。"

彬县人说："差矣。我们彬县有座大佛寺，磨得天顶咯吱吱。这才真叫高呢。"

固原人说："这可真是厉害。我们固原城南有座鞍鞍桥，三国的时候，诸葛亮伐魏，攻打固原。曹操的一个守兵，慌乱中不慎从鞍鞍桥上掉下去了。"

然后固原人闭嘴合眼睡觉了。

西安人、彬县人等了半晌，不见下文，推搡固原人，面有愠色："你说有个曹操的守兵从鞍鞍桥上掉下去了，这跟高不高有个啥关系？"

固原人睁眼开口："从三国时候掉下去，直到现在还没有落地，你说高不高？"

纯粹是个抬杠的笑话。

在这座鞍鞍桥的南面，就是清顺城糕点铺。

米家清顺城、苏家烩麻食、妥师傅的羊肉泡、哈赤儿的羊肉包。固原城内的这四大名吃，都是百年老店。

一个做糕点的铺面，怎么就起了这么个店铺名呢？

固原城的名称，历史上一直都在不停地改变。乌氏、义渠、大原、安定、原州、固原。从秦至清，谁当政，谁定名。谁都有给自己土地上的城镇起名的权力。顺城，大约在清代的某一个阶段，是固原城的小名。清顺城的牌子是从清代开始的，糕点的创始人，自然有给自己商品命名的权力。既然是清代，理应清顺城，倾顺城，盖全城。这个名称够得上顺理成章高大上。

凡百年老店，必有其顽固不化的一些老规矩。

比如学徒。入门跪拜，行了师徒礼，算是确定了这一层关系。此后三年，有如卖身。吃住在店里，干的是杂活。提水扫院，劈柴烧火，晨起倒尿罐，熄灯上门板，都是日常功课。三年坚持下来，才让你学真本事；受不了那般苦，提早滚蛋，你还学个什么玩意儿。

比如用料。面粉、红糖、核桃仁、芝麻、花生、大红枣，哪一样用谁的货，每块糕点上用多少，都是很少改变的。几十年、几辈人的生意做下来，拉的是老关系，靠的是老客户，相互信赖，彼此诚信。用他的货，错不了；吃清顺城，不会错。那么多的花色品种，价格高低不一，是为了适应不同阶层。无论你是谁，买哪个品种，绝对物有所值，分量不会少，味道不会差。

有一年，专供花生的河南商户因伙计眼拙，把一袋受潮变味的花生发过来，这边因是老客户，谁会亲自尝两颗花生呢？研磨了加进去开始做糕点；那边掌柜的发现发错了货，立马打发人带着银票不舍昼夜往固原赶，指出了那袋变了味的花生，拿出银票赔偿损失。清顺城的老掌柜同样不含糊，所有加了变味花生的糕点，一锹糕点一锹粪，全部当众埋在了鞍鞍桥旁边的烧人沟。之所以掺粪，是怕埋了后有人挖出来再食，同样是毁牌子的事情。

清顺城的出大名，是八国联军攻陷北京之时，慈禧太后仓皇出逃，由固原人董福祥带兵护驾，前往西安，路过固原，要歇脚用膳，吃到了清顺城的糕点。虽然是在逃亡的路上，但不失威仪，颇有雅量，当然也少不了董福祥在身边为家乡的这道美食敲边鼓，竟然为清顺城的糕点题了"清顺城"这个金字招牌。

虽有懿笔，但店大不欺客，品质如常。

到了20世纪60年代，清顺城早已公私合营十多年。于是废弃清顺城之名，改名东方红。配方不见了，模子不用了，连糕点都不叫了，就叫作东方红饼干。过年了，称一斤饼干，分作两份。数片数垒齐，用麻粪纸包裹，裁一绺大红纸放在正中，再用废纸合成的纸绳捆扎，就是礼品。

老掌柜见了，颤抖着花白胡须，用旱烟锅指点着饼干包问：这就是我们做出来的糕点？这还有清顺城的影子没有？仰头闭眼，磕掉了烟锅里的死烟灰。

正月初六，清顺城最后一任掌柜悄无声息地离世了。

等固原城内麦当劳、肯德基红火起来后，米家四兄弟才确认政策不会再变，挖出了埋藏二十多年的糕点配方、模子，筹资重开糕点铺。但是在起名上，产生了严重的分歧。老大、老二认为，应当启用清顺城；老三老四反驳：现在是要占领市场，和麦当劳、肯德基抢夺客源，年轻人谁知道清顺城？消费主体不是那些还记得老字号的耄耋老人。最后折中的做法是：就叫米家糕点，包装盒上还印百年老店清顺城字样。清顺城三字，还用慈禧的题字。

现如今，固原城里，早先的四大名吃已很少有人知晓。新的说法是：马家的扯面哈家的醋，米家的糕点马德国的羊羔头。

写作者

> 文联是名副其实的清水衙门。
> 秀才人情半张纸嘛。

但是如果你要到文联办什么事,见人就称主席,大致不会有错。文联里面的工作人员,几乎全是主席。有大主席和小主席之分。大主席就是文学艺术界联合的主席、副主席;小主席则是文联下辖的各艺术家协会的主席、副主席。地、市一级的文联,基本上或者最少也有包括作家协会、书法家协会、美术家协会等艺术门类的协会七八个之多。每个协会主席、副主席至少也有五六位，一番加减乘除运算下来，你看看有多少位主席吧。当然各协会的主席并不驻会，全是兼职。为工作方便起见，文联的职工，大都兼着各协会主席、副主席的职。

就算人家不是主席，你称呼一声主席好，于你不过是一句问候语，又损失不了什么，还显得特别懂事和有礼貌，于对方而言，就可能心情大好，特别难办的事情，也有可能变得顺当和容易些了。

谁不喜欢被称呼为主席呢？

谁又不在心里暗暗地思谋着当主席呢？

搞文艺的人嘛，其实并不清高，反而是最世俗的。

但我当初进文联，却绝对不是想当主席，也不可能成为主席。哪怕是小主席。我是以文学期刊编辑的身份调进去的。

几乎所有的县级、地市级文联，都办有一份或拥有正规刊号、公开发行，或挂有内部准印证、当作资料交流的文学刊物。这真是一个奇特的现象，好像不办一份刊物，文联就不像文联似的。

当然，办这样一份刊物，现实的好处也是明显的。

对公，有可观可感的工作业绩，毕竟无论季刊、双月刊，还是月刊，一年下来，也有那么一大摞，厚厚实实整整齐齐地码放在那里，可以对考核的人形成一种无形的压力：那可都是文学刊物啊，上面登载的不是书记讲话或市长的调研报告，而是文学作品啊，都是精神食粮啊，是艺术啊！文学艺术，你懂多少呢？说句实话，就像陈忠实说的："你懂个锤子！"

对私，尊姓大名期期有，而且都是印刷体，主编啊，副主编啊，责任编辑啊，听着都牛气，特别壮胆。还有更实惠的，编辑费啦，校对费啦，排版印刷发行费啦等等，文人嘛，想几个名词还不是小菜一碟。套两个小钱，酒吧、茶馆、农家乐去消费一下也是可以的。不像其他单位，想消费还要担风险。文联嘛，吃饭喝酒就是座谈交流，外出游玩就是体验采风，都可以说得过去，也名正言顺。

我刚成为编辑，就参加了一个县级文联的成立大会。

没想到杀出了一条黑马，其引起的轰动效果甚至超过了文联成立这条新闻：该县的一位农民，抱（确实是抱）来了三尺厚、约180万字的一部长篇小说的手稿，庆贺县文联的成立。

省内所有媒体都被震撼到了。

几乎所有的新闻媒体都用大篇幅、长镜头、宽荧幕报道了这位农民写作者。在文联成立的三天会期里，他成了主角。而且由于各媒体的推波助澜，他在最后一天的选举中，当选为县作家协会的副主席。

首任文联主席显然气坏了。

"真气人，全都是他的镜头、他的照片、他那三尺厚的手稿。我们文联专门为他成立了。"

这有什么办法呢？新闻不就是追求突发性和独特性吗？全国每年不知有多少个县级文联成立呢，但一个农民耕地锄草之余，一笔一画地写出180万字的长篇小说，全中国几年也许才会出一个半个吧？

于是他成了新闻人物，成了一个从未发表过半个字的农民写作者，而且还当上了县作家协会的副主席。

人人都欢欣鼓舞，兴高采烈。连县委书记都在电视台记者采访时面对着镜头感慨地说："真没想到我县人民的思想境界和文化素质如此之高，我县真是藏龙卧虎之地，高手在民间。"

他们看起来脸上都特别有光彩。

除了新任主席不高兴，真正有压力的我也不高兴。

市文联的大主席（也是我们刊物的主编）当然也参加了这个会，而且是个热心人，直接将书稿抱给了我，并向县上的领导说一定要认真审读,达到发表线的话,可以在我们刊物上先用连载的形式发表出来,以示鼓励和支持(我们刊物虽然只是地市级,但创刊已经三十多年了,有正规刊号,是面向全国公开发行的)。

他说得特别真诚。

于是这部180万字、三尺厚的长篇小说手稿就到了我的手里。

看吧。初当编辑,就得到了这样的锻炼机会,打着灯笼都难找啊。那时候年轻,精力旺,眼神好,还要给领导和同事们一个好印象,才调入的新人嘛,应该这样。

那部手稿如果放到现在让我看,不说吹牛的话,连三个小时都用不上,我就可以说上八个小时不停顿,并做出准确而不失公正的评价。但当初不行啊,新兵蛋子一个,嘴上没毛,说话不牢,谁信?谁服?

汗流浃背35天,从头看到尾。除了手稿上那股挥之不去的特有的、熟悉的(我同样来自农村)、刺鼻的土炕味道之外,我还对书写用的纸张产生了兴趣。开头用的纸张是很正规的每页240字的绿色方格稿纸;中间部分是自己裁成16开的白纸;后面大部分纸张是用来包裹东西的麻纸,由于裁纸的刀不很锋利(也许是用切菜的刀或者割麦子的镰刀裁的),因而周边毛毛草草。这也就是180万字的一部书稿,会有三尺厚的原因。

最后,我利用一整天的时间,在电脑上用小五号字打了四页的阅读札记,归纳起来其实用三个字就成:不可用。用两个字也可以:不用。但是文人嘛,就是这个德行,字写得越多,好像就显得越有水平;文章越长,就越有能耐。就像这位农民写作者一样,不写就不写,一旦写,上手就是180万字。别说是农民,也别说是写小说,就是一个公务员,整天坐在办公室里,风吹不着,雨淋不到,还有香烟热茶伺候,让你抄写180万个字,也累死你!

这就没办法了。大主席愁眉苦脸:这可咋整?180万就不能精选出1800字发表一下?

我很恶毒地说:"不能。要不,您再看一下?"

大主席盯着我,说:"我哪有那个时间?"

这事就这样放下了。

但新闻记者和领导们却没有放下。

在我看稿期间,相继又有几家媒体整版推出了这位农民写作者勤奋创作的报道,刊登了他握笔沉思的大幅照片,他在田间劳作、地头上摆放着书籍和稿纸、干粮、水罐的照片,看上去特别和谐,也特别有视觉冲击力。

李方

更要命的是,省委分管文化艺术的副书记看到了这些新闻报道,就和省委常委、宣传部部长带着省文联主席、作协主席及各路记者,长枪短炮地下来,专门看望和慰问他来了。

我作为他长篇小说的审读者,也随着我们大主席陪着去了。

农村我当然是熟悉的,农民当然也是亲切的,都是写作者,我对他也是同情的。他作为一个上门女婿,当然就更让人同情了。

这时正是夏收最紧张的时候,但是因为提前已经做了通知,也进行了必要的彩排,他没有去麦田里收割,而是趴在土炕上奋笔疾书。对各级领导和记者们的到来,表现出了恰如其分的、惊喜。

当领导们问及他为什么在龙口夺粮的紧要关头不去割麦而是在写作的时候,他很有作家范儿地回答:"一个情节正写到紧要处,灵感稍纵即逝,而麦子不会自己跑掉。"领导们大受感动,掏出用牛皮纸信封装着的慰问金亲手送给他,又让随从搬出赠给他的书籍和电脑;记者们纷纷抢拍动人的场面,刷刷刷地记录着他为艺术可以不要麦子的精彩回答。

副书记仔细地询问了他是因为什么才当上门女婿,又是因为什么原因搞起写作来的,还问了他创作上有什么困难、目前写作的长篇的主要内容等等琐碎的事情,最后说:"家庭贫困没有什么,党和政府是不会忘记的;只上过小学也不可怕,高玉宝还写出了《半夜鸡叫》呢。"宣传部部长也说:"省上非常重视长篇小说的创作,正在出台激励长篇小说创作的政策,而且会向基层作者、农民作者倾斜,资助长篇小说的出版。"

我一直试图靠到领导身边,希望领导们问一下我审读那部180万字的长篇的意见。但是我和我们大主席全被记者们挡在后面了,根本挤不到前面去。当然,省上的领导也可能完全忘掉了我们。他们面对的只是这位农民写作者,并没有面对作品。

恰在此时,他的岳父从田地里回家取水。他憨厚地笑着,骄傲地把慰问金塞到他岳父的手里,自豪地说:"我说过精神最终会变成物质,我丈人从不相信。反而说我是耍滑偷懒,不好好劳动。现在,用这些钱请麦客子,或者雇收割机,不知能收多少亩麦子。"

在场的人全都认为他说得实在是太有道理了,连身居高位的领导及见多识广的记者们都深以为然。

结果他岳父说:"可惜麦子一年只黄一次,要是月月都有个麦子黄就好了。"低头勾腰给水罐里灌满水走了。

然后所有人都走了。

回来后,大主席苦着脸对我说:"怎么办?我们总得有所行动、有所表示才成啊!"

我阴险地说:"要不,咱们刊物在最后一期给他发一个短篇得了。"

大主席舒展开脸,说:"能整理出几千字吗?"

我说:"不用整理,我最近写了一个四千字的农村题材的短篇,直接署上他的名字就行了。"

大主席沉吟了半晌,说:"难为你了。"

我也装着沉吟了一下,说:"总不能让主席为难嘛。"

落雪的时候,刊物出来了,那位农民写作者到市文联取刊物领稿费。大主席也没叫其他人,就我们仨,在一家小酒馆坐了一会儿,吃了饭,送给了他几叠文联印的稿纸,并说了些鼓励他多读书、多写作、听上去特别假也特别虚的话。同时也委婉地表达了我们内心的真实想法:无非是说作为一个农民,首先要把地种好,把妇人娃娃的生活搞好,先生存、后创作之类。

然后,给他在宾馆登记了一间房子让他住下了。

第二天刚上班,他踩着厚厚的积雪来到文联,给大主席和我说,昨夜他太激动,太感动,以至于彻夜未眠,用赠送的稿纸,写了二十九首长诗,请主席和我"斧正"。

因为要赶早班车,他就踏着积雪走了。

大主席直接将稿纸扔进了废纸篓。

"纯粹是有病。"我走出门的时候,听见大主席独自嘀咕。

翻过年的春天,因为生态移民,这位农民写作者搬迁去了黄灌区,此后不知所终了。

翻过年的春天,我意外地荣任了编辑部主任兼副主编的职位。

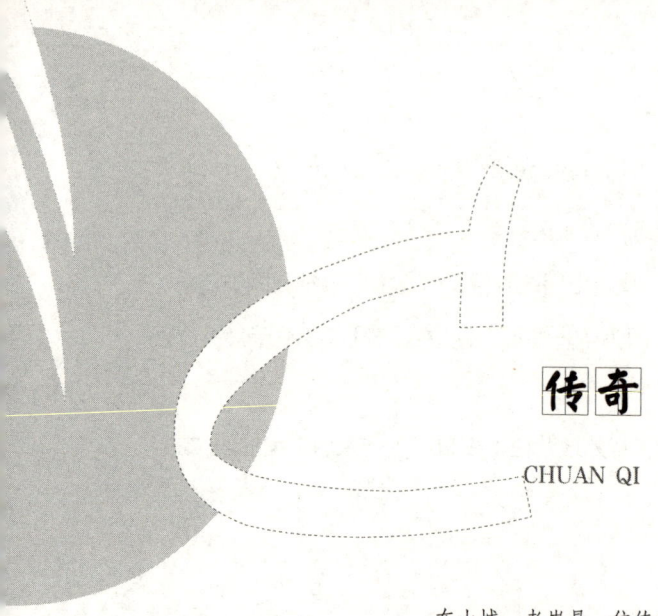

传奇

CHUAN QI

在山城,老崔是一位传奇人物。

　　山城其实很小,但筑城的历史可不短。只要仔细阅读地方志,就能知晓从新石器时代起这儿就有人喝凉水撒热尿,举着削尖的木棍戳野兽的屁股了。就说秦汉时期吧,已经设县筑城了。但再怎么悠久的历史,不还在地球上吗?因此没有什么可骄傲和自豪的。

　　山城周围,除了一条半死不活的河

流，一座毫无名气的土山，其他的，就是大片的农田。农村包围城市，草木掩映水泥，所谓城里人，往上推三代，都是泥腿子庄稼人。农业大县嘛。

老崔是个例外。

他不是本地人，甚至都不是本省人，他是北京人。虎背熊腰国字脸，梳着人背头。捉住他，不用拷打，直接让他说话，字正腔圆，满嘴京片儿。

嘿。普通话，北京人，首都来的。

自然高看一眼呐。

老崔不是农民，是技术工人。一个北京的技术工人怎么会跑到这大山深沟里来呢？因为早先国家周边不安宁啊。东南沿海被美国的军事力量所包围，第七舰队甚至开进了台湾海峡；整个大北方，和中国交恶后的苏联陈兵百万；日本、韩国、印度都不叫人省心，摩拳擦掌、蠢蠢欲动。

这多么危险，简直可以说是危机四伏啊！

按照东南沿海为前线，向西到京广线为二线，再向西的大西北、大西南为三线的划分，将高端科研单位、大型重工企业，尤其是军工企业全部撤向西北、西南，建到深山大沟里，甚至搬进山洞里。

要准备打仗，打大仗，打持久战。

备战备荒为人民，好人好马上三线。

老崔就是这么从首都北京来到偏远的西北山城的。

自然，刚来的时候还不是老崔，顶多是个小崔，是个整天钻在山沟里生产枪炮子弹的小年轻，也很少跟山城的居民打交道。所有和他一起来的人都很少和当地人有什么交往。军工企业嘛，保密单位啊，695。本地人只知道山城东面的黄崞山深沟十八里建了一个695厂，至于这个厂有多少人，有什么设备，生产什么产品，没几个人知道。人家自己建有宿舍楼、医院、体育馆、图书馆、食堂、招待所、子弟学校、幼儿园……纯粹就是一个小社会，相当封闭。

就连吃的粮食都是专供。

只有蔬菜、鸡鸭鱼肉、日常生活用品来山城采购。

咦，这个人怎么这样眼生，从来没见过。

"你是哪个单位的？"

"695。"

"干什么？"

"买菜。"

1975年之前,基本上都是在国营副食品店采买。之后,渐渐地宽松起来,有了摊贩。凡是遇到这样的主儿,菜贩子都喜笑颜开。这些人基本上不跟你讨价还价,从来都是把小数变整数的。

"一共多少钱?"

"三块八毛五。"

"给你四块钱得了。"

找零钱麻烦。

外地人大气。无论爷们北京人,阿拉上海人,牛高马大东北人,白脸瘦小浙江福建人。全这样。

695厂的人在20世纪80年代甚至引领着山城的时尚和潮流。男青年的大鬓角,女职工的喇叭裤,手提录放机,胸挎照相机;买羊肉吃是买整只,只要肉,皮毛归老乡;买鸡蛋是论筐买,你说多少是多少,不用数。最厉害的是这些整天钻在山沟里的家伙爱跳舞,男女抱一块,慢三、快四、探戈、交谊舞。

山城女青年最理想的人生伴侣是695厂的干部职工,山城男青年最大的梦想是到695厂当技术工。

695人的日子太红火了。厂里的效益太好了。

因为中国对越南发起了自卫反击战。695厂生产的子母弹，专打越南的山地坦克。外层弹壳钻透坦克的厚装甲，里面的弹芯在坦克内爆炸，给越南的坦克以致命的打击。

老崔就是在这个时候俘虏了山城一位漂亮的女青年做了老婆。

快乐的时光总是那样短暂，古今中外亦然。

和平发展成为世界的主题。

不打仗，军工企业就是聋子的耳朵，成了摆设。中国裁军一百万，造那么多的枪炮子弹干什么用呢？总不能全都拿出去打兔子。几乎所有的军工厂都在转为民用企业。所以建设摩托、嘉陵摩托遍神州。

695的辉煌成为明日黄花。老崔造子母弹的双手，开始制造锰钢自行车。

一辆26式百合牌锰钢自行车市场售价168元，内部价不详。老崔年轻漂亮的妻子有一辆，经常在傍晚骑着自行车来山城工人文化宫跳交谊舞。有时候吧，时间晚了也就不回去了。从山城到黄崮山沟口要十里地，又没路灯，不安全呐。

简直就是一眨眼，695厂被首都钢铁公司有条件地接管了。

有技术、有门路、有关系的人全都退潮似地回了北京,成了首钢的工人。

老崔没走。有老婆,有孩子,在山城已经买了住房,根扎深了,挪不动了。

老崔的妻子对不能去北京耿耿于怀。

"人家能走,你为什么不能走呢?"

"到北京去,只能给我上户口。买不起房,你住哪儿?没户口,儿子在哪儿上学?哪里的黄土不埋人?我觉得这儿挺好。"

"可我觉得不好!就是在北京城里讨吃要饭也比这儿强。"

"没什么好。就是路宽一些,人多一些,楼高一些而已。我是北京人我还不比你清楚?"

"哼。可是现在你比老农民还老农民。"

695厂已经成为山沟里的一片废墟了。所有没能去北京的人,都买断了工龄,自谋出路了。

难不住老崔。老崔有技术。

他用买断工龄的钱开了一家电焊铺,专门制作防盗门。

八十年代中期,社会治安很不好啊。

因此老崔实际上还是赚了几个钱的。

都装在他那脸冷心硬的老婆口袋里。

李方

然后，老婆就不见了。

他真的成了老崔了。人高马大，两手黑黑。头发已经乱披了，头发上沾满了细铁屑。忙完了电焊铺子里的活，还要忙儿子的吃喝拉撒睡，支付校服打架费。这时候的老崔，甚至可以连续一周都不洗脸。每到吃饭的时候，就提着几个馒头，匆匆忙忙地走在山城的小巷子里，去安顿儿子和他的肠胃。

大概就是这时候，老崔才写起诗歌、练起书法的。

人们只知道愤怒出诗人，不知道苦闷也可以出诗人。

中国申奥成功后，老崔很激动，连夜完成了三首祝贺申奥成功的歌词，第二天跑到邮局，郑重其事地贴上邮票，寄往他的家乡北京，很快就收到了北京奥申委的回信，对他这样一个普通公民的爱国热情给予了相当的肯定和感谢。

老崔在妻子离家出走后第一次脸上有了点颜色。

实事求是地讲，老崔的钢笔字写得还是不赖的。

但他力求创新。

也许是电焊的火花激发了他的灵感。他用钢条写字，他用枯死的树枝写字，他用石头块儿写字，他甚至用烧红的焊条写字，但他就是不用钢笔、毛笔、铅笔写字。

太传统。

儿子却绝不传统,这个小学念了八年、初中念了五年、高中只念了一年、经常打架斗殴的21岁的小伙子,就跟他的母亲当年一样,去向不明了。

孤身一人的老崔,真的是老了。连电焊铺都不开了。

他的眼角经常堆着两块眼屎,眯起原本很大的眼睛,一副昏昏欲睡的表情,像南极企鹅一样缩着脖子扭着腰挪步,徘徊在山城的大街小巷。碰到熟人,动作很快地掏出一张名片。待熟人仔细地看完名片上的内容后,他认真地询问对方:

"你知道我现在的身价是多少吗?"

"多少?"

他不说话,向对方伸出一只手巴掌。

"五百万?"

"错!五个亿。"

他甩一甩散乱的白发,径直地走了,留下熟人像个傻瓜一样站在街头,摇着头想不明白。

老崔死后多日,邻居闻着味道不好才被发现。因为没有家属,没有单位,民政部门是按照老崔留在家里的一本破旧的电话簿上的号码，才通知了他的几个朋友为他在火葬场送别的。其中就有和老崔一块儿从北京来到山城、厂子解散后自谋生路开了修鞋店的老张。

伤感地看着老崔变成了一股轻飘飘的青烟，老张差点走不回自己的修鞋店。进了门，才发现老崔活着的时候为了宣传做的一张喷绘，还支了架子立在他的店里。那上面密密麻麻地印着些字：

中国三线战略建设的见证者
中国子母弹的制造者
中国锰钢自行车的研制者
中国申奥歌词的写作者
中国三十六种书写材料的首创者
……

老张轻声地将它念完，重复了三声老崔的名字，然后很仔细、很认真地将这张喷绘从架子上取下来，慢慢地卷了起来。

老张知道，身价五个亿的老崔死了之后，这座山城，将不会再有传奇。

绝交

UE JIAO

由于工作关系，我与文艺界的各色人等多有接触。

和文艺界的人打交道，需特别谨慎。搞文艺的人，都非常有个性，并且动不动就会不分时间场合锋利地表现出他或她的尖锐的个性，而你还并不一定明白因为哪句话或哪个眼神触犯了他或她。

这是多么危险的事情。

我有个搞房地产的朋友，比较有钱。现今中国，如果有人经商，恰巧又是搞房地产的，除了跳楼和跑路的之外，都相当有钱。

有一次饭局，避开众人，他悄悄问我："能搞到凌老的一枝梅吗？"

凌老是在翩翩少年时随支边的父母从北京来到这里的。那种皇城根儿、天子脚下出生的人，从娘胎里就带着一股艺术气质和

李方

睥睨万物的优越感,自小跟着父亲习字,偎着母亲学画,又经过刷写大字报、画宣传画那样大风大浪的锻炼,后来进了北京中央美院专攻梅花,如龙归大海,鹰翔天宇,虎啸山林,大写意的梅花,仿佛陈半丁的洗练概括、古朴沉着,又有谢稚柳的纵笔放浪、浓郁浪漫,终于出脱成山城一枝梅。

这个人孤傲,独处。除了通过邮局将作品寄到报刊发表之外,从不参与任何评奖,也不以任何形式将作品出售。但这并不妨碍他的艺术成就和盛名。

我说:"恐怕不容易,好几年都不画了。"

朋友说:"真人面前不说假话。我又不像有些土豪想附庸风雅,是因为一块地皮要打通关节。"

我依然不敢夸口:"你想,都快八十的人了,虽没有明说封笔,但已经好长时间未创作了。其他人的行吗?"

朋友撇嘴摇头:"不行。我已经做过功课了,卡关口的人特别喜欢凌老的梅。你跟凌老的关系我是知道的,费用上你不用担心。"说着,快速地捻动着手指。

话说到这个份儿上,我也不好再推辞,只好说:"我想想办法。"

凌家三口当年来到山城,运动中受到了冲击,下放到我们村。

我父亲虽然是个泥腿子支书,但特别尊重文化人,对他们一家颇多敬重和照顾,运动后期,力排众议,推荐年轻而热爱书画的凌去了北京上中央美术学院,如同铁打钢铸一般奠定了我们两家人的关系。老一辈人都已经故去了,但我和凌老一直未曾断过联系。

五年前,凌老举办了从事美术事业六十年画展。市委几位主要领导参观了画展,流露出想收藏凌老作品的意思,我探凌老的口气,没想到被凌老一口回绝:"展出的画,一幅不留全捐给博物馆。买,没有。"

自那以后,他就不再创作了。

我不敢给凌老打电话,而是选择在他生日那天亲自登门。除了家人,别无外客,微薄礼物,他看也不看,只是招手让我入席。

酒酣耳热,他说:"你能记着我的生日,说明我们还是一家人。人老了,就喜欢回忆,近来我就常想起老一辈人,在那样一个年代,能够坦诚相见、真诚相待,建立起那么干净的关系,真是不容易啊。所以,我要为你画一幅画,留作纪念。这辈子,不再画了。"

我心中暗喜。这老爷子,直往人的心里去呢:"我斗胆给您老人家加个码,能否为我的一个朋友也创作一幅?我先敬您一杯。"

凌老微微一笑:"一铣动土,两铣也是动土,你说了,就按你说的办。干!画好了,我给你打电话。"

取画那日,我和朋友确实费了点脑筋:如果安排饭局,在那种灯光明亮、四壁辉煌的环境中,接受这两幅画,比较有仪式感;如果到凌老家里去,无酒无菜,朋友又不好表达谢意。

最后决定,还是去家里。

"清香吹散乾坤外,不是寻常桃杏花。"两幅梅花,静静地平放在画案上。

凌老两手一摊:"每人一幅,各取所需。今天感冒加重,不留你们吃饭了。"

我开始卷画,朋友嘴里说着客套话:"岂敢岂敢,原打算请凌老坐坐,给您敬杯薄酒,害怕请不动,只好取消。这点钱,留给凌老喝茶吧。"说着,掏出一张卡,放到画案上。

凌老睁着圆眼,虬髯抖动,问:"这是干吗?"

我没想到朋友还有这一出,知道要坏事,还没容得我说话,朋友连忙解释:"一点心意,小意思。"

哗哗哗。三两把,凌老把朋友手中的画撕得粉碎,把卡戳到朋友的上衣口袋里,伴着一股冷气,送给我们两个字:"出去!"

我们狼狈逃离，身后的防盗门很凌厉地关上了。

羞愧中，我把那幅卷了半卷的画，也遗落在凌老的画案上了。要知道，那可是凌老真正的封笔之作啊。

斯文

I WEN

我曾经受邀参加过一次别开生面的诗会,至今念念不忘。

诗会的主办者没有邀请任何一位功成名就、德高望重的老诗人。在主办者看来,那些在中国诗歌史上占据了两行半的诗人,都已经成为老朽了,枯死的叶子颤颤抖抖,在风中摇摆而不肯凋落,是会影响新芽冒尖的,这可能是主办者内心的真实想法。受邀参加的人,大都是在正经诗刊上发表作品时被排在末尾而在民刊上被刊登大幅照片、作品打头条的年轻诗人,当然,那些非常年轻但讲究平仄对仗而写古体诗的诗人,也没有被邀请。

这个诗会没有任何官方背景。但有几位异常活跃的参加者在不停地用高档相机拍照,后来听说,他们是几家颇有影响的官媒的文化记者,万幸的是,他们在写真实具体的新闻稿件之余,也写一些云遮雾罩的现代诗,因此受邀参加诗会,并有责任有义务将这次青春的盛会报道出去。

可见,现代诗并不排斥某种世俗烟火气。

举办诗会的所有经费,由网名"农妇山泉有点田"的女士提供赞助。这个网名翻译成大众能懂的汉语,意思是半老徐娘、山泉写诗、有点闲钱。她经营着一座山庄,会场就安排在她的山庄里。

早上报到的时候,我专意找到她聊天。虽是春天,清晨犹凉,她在衣服外边,加了一条围巾。在尚未离职、经营这座山庄之前,我经常在她主持的报纸副刊上发表现代诗。

"放着好好的诗歌编辑不干,怎么会想到经营这么一座山庄呢?"

她露齿一笑:"报纸副刊不比你们官办的纯文学期刊受人尊重且有保障,赚钱生存是第一要务,副刊常常被广告霸占,干着没劲。"

期刊也没劲。我挺到她面前,看了看围巾的牌子:巴宝莉。"山庄怎么样?"我环顾四周问。

"起码自由。"她指着一片油菜花:"开不开花无所谓,有点颜色就行。"

有个长发披肩、雌雄难辨的人插进话来:"徐总,篝火晚会用的柴火在哪儿?"听声音才知道是个男人。

徐娘抖一下围巾,转身一指:"就在梅兰厅的后面。"然后对我说:"你四处走走,看能否泡上个妞,晚上给你开单间。"

留下淡淡的香气,拂柳穿花地走了。

就是比当报纸副刊编辑的时候优雅。

上午的研讨会是比较无聊的。北中国几乎一大半的诗歌民刊主编们乌烟瘴气地公开发表着主办者的那些内心想法。春困顽强而执着地攻击着眼皮,我不得不大量地喝水从而不停地上厕所。好在没人理会你是谁,你在干吗。没有官员参加就有这个好处,用不着正襟危坐。

我每一次上厕所出去或者进来,都会看到坐在门边上的一个容貌清丽的女孩子向坐在她旁边的那个长着满脸青春痘的小伙子吐舌头。

舌头有什么好看的呢?

实在想不明白。

他们这样年轻,也会是现代诗的写作者吗? 我很怀疑。但是,"灯/把黑夜/烫了一个洞",据说这是一个七岁孩子写的现代诗,那么,他们应该也是现代诗的作者了。

午餐后,一辆旅游大巴车满载着诗人们,拉到西夏王陵,撒羊粪一样将这些被青春和诗情鼓胀得难受的人放逐到九百多年前的那些东方金字塔之间,他们的情绪才多少得到了稀释和排解。

贺兰衔金乌,余晖照王陵。

回到车上,就有人迫不及待地站在车厢内的过道上声色俱厉地吟哦起了长诗,把西夏的历史和几座著名的陵墓搬上了大巴车。但疯狂地奔跑和臆想了一个下午,大多数人又累又饿,反响不是很热烈。

主办者奉劝:留点力气和精神,朗诵会上再峥嵘。

果然,吃饱喝足,被羊肉和白酒重新唤醒的激情是那样强烈、浓郁和不可阻挡。我都记不清有多少震撼我心的诗句被熊熊燃烧的篝火化为了灰烬。我只记得,那个一直吐舌头的女孩子,穿着透明的胸罩和闪闪发光的三角裤头,捧着一本《诗经》上场了,满脸青春痘的小伙子端着一盆水跟在她的屁股后面。然后,女孩子坐下来,小伙子跪在她面前,将女孩子的脚捧着放进盆子里,双手揉搓着为她洗脚。女孩子开始千娇百媚地朗诵:"关关雎鸠,在河之洲……"

太突兀了。就像早晨突兀地打断我和徐娘的聊天插进来询问篝火晚会用的柴火在哪儿一样,那个披头散发的男人狂奔过去,一脚将小伙子踹倒在地,大喝一声:"不许你如此侮辱诗歌……"端起那盆洗脚水完整地倾倒在女孩子的头上……女孩子尖叫一声:"臭流氓!"

然后,场面就失控了。

一开始,我还以为是事先安排好的行为艺术表演,等我头上也挨了不明不白一砖头,血流到脸上脖子里以后,才明白诗会已经变成了群架场。

简直是斯文扫地。

但至少证明我也曾经年轻过。

执着

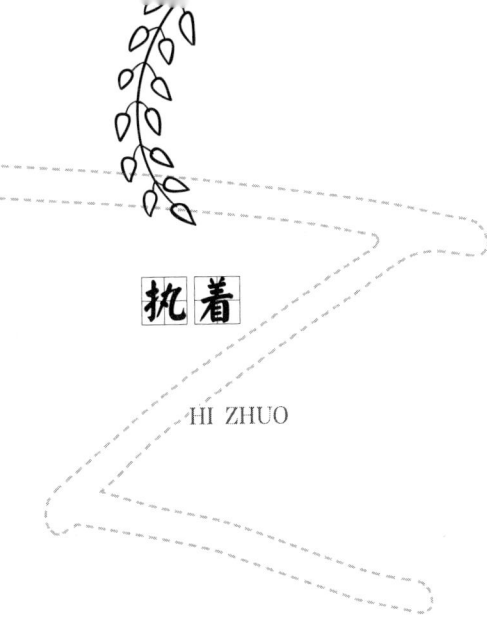

HI ZHUO

从未吃过作者饭、喝过作者酒、抽过作者烟的文学期刊编辑是几乎没有的。如果有,反而比较可悲。说实话,那样的编辑不会被作者喜爱和尊重。

因为编辑是人,作者也是人。

既然是人,就免不了俗世的一切。

我就多次被作者请出去吃饭喝酒,人模狗样地坐在餐桌前,接过作者双手敬过来的香烟,啪地唤醒打火机里的丁烷气,很大气很随意地抽着,感觉特别潇洒、帅气,特别像一尊人物。

就这样结交了一大帮古模怪样的作者朋友,天南地北、

李方

男女老少都有。尤其是年轻漂亮而又愿意将才情智慧挥霍在创作上的女作者，每次见面小聚都格外亲切、亲近和亲热。但绝不亲密，反而对她们这样执着于文学创作深感惋惜。

要知道，从事文学创作是相当枯燥、相当寂寞、相当孤独的事情啊。

但有一个女作者的宴请，使我对她刮目相看，且记忆犹新。

她是个不大不小的官员。

在小地方，像她那样的女人，官能做到市直部门一把手，算是非常成功的了，偏偏在业余时间喜欢搞创作。

有次周末，我的一个非常要好的朋友打电话约我吃饭，特别讲明是那个女官员想和我坐坐。我一听浑身打了个激灵，忙说："吃饭免了，她要有什么新作可直接发到我的个人信箱，我会认真拜读的，况且我正在乡下老家陪父母。"

挂了电话，慌忙用手机拍了一张父母在老宅前晒太阳的照片，通过微信发给了朋友，这样他也好给人家一个说得过去的理由。

之所以拒绝，是因为我见识过这位女官员的"文学作品"。她当然不可能屈尊亲来编辑部找我，而是委托下属将她自行打印装订的"作品集"交到我手上，名曰：斧正。看是否达到了出版的标准,顺带提提"宝贵意见"。

  我抽空大致地翻了翻,十多万字,分为多辑。一是写童年回忆,二是写人生感悟,三是写为官之道,四是写夫妻相处,五是写人间真情……大体如此吧,是一个初学写作者的对月吟怀、感花缅草、咽饭思艰之类。最奇怪的是她认为夫妻二人,就像身体上的左手和右手,所以"左手加右手,托起一个爱",这个爱才组成了家庭。

  多么可爱的文字,可惜不是文学。

  因此让人害怕和她坐在一起吃饭。

  但一个人如果执着于某件事,总会有办法的。

  这一次,她约请我们刊物的主编吃饭,他们的级别是对等的。主编顺带叫上我,但并没有说明是谁请客。

  到了地方一看,她很官员范儿地坐在主位上等着我们。

  这多么让人感慨啊。

  饭桌上,她将已经正式出版的"左手加右手"分赠给主编和我。

  她左手托腮,面露潮红,微笑着说:"丑媳妇迟早要见公婆。我这个集子,肯定不会入二位的法眼,但总是自己的孩子嘛,偏爱是免不了的。"

说实话,光是那种恶俗的铜版纸封面的精装,就让人受不了,里面的内容,依然是以前的那几写。只好感叹出版业的不景气,竟然会造成如此不堪的结果。

席间,她不止一次地向主编暗示:集子是自费出版的,里面的文章都未曾正式发表过,看能否选择一两篇,在我们主办的刊物上"登一下"。

主编一直打哈哈。

汽锅三鲜上桌的时候,她操起自己的筷子看了看,上面粘着一片绿菜叶,她将筷子送进嘴里,咂摸掉了菜叶,然后伸进蒸锅里,小心翼翼地夹起了一颗肉丸子,刚夹出锅,肉丸子就逃脱了枷锁,滚到了餐桌上,她神情专注地盯着肉丸子,准确而又稳妥地再次将肉丸子夹起来,然后轻轻地放到了主编的餐碟里。她卸载般快乐地松了一口气,对主编说:"吃丸子,吃丸子。"主编身子向后缩着,摆动双手说:"吃好了吃好了,自己来自己来。"她盯着主编的眼睛说:"吃个丸子么,能有多大分量呢,我专门为你夹来的……"

在她深情专注的盯视下,主编只好拿起筷子夹起丸子送入口中。

宴请结束回来的路上，主编咬牙切齿地对我说："你选一篇，登上去！如此执着的人，应该让她发表作品的梦想成真，而不是落空！"

IN YUE JIA

音乐家 ♪

那一年，CCTV-3和CCTV-6在主打节目的间隙里，不断推出全国各地以生态旅游为主题的宣传片，直接催生了地方政府以同类形式宣传当地旅游的音乐风光片热潮。

经济发达地区搞这些玩意儿是比较热衷的，也是比较轻松的，大不了花几个钱的事，看着舒心，听着悦耳，宣传地方，促进旅游，名声在外，政绩上也说得过去。

但小地方、穷地方怎么办？只能照着老虎画猫。这些地方的官员是这样想的：你请的是名家、名导、名演、名唱，上的是CCTV；我呢，我请当地的词曲作家，录制成歌曲，转换成手机彩铃，在全县传唱,广播里播放,总不成问题。

音乐家和我,就是因为这个原因被请去采风、创作歌曲的。

音乐家的名气比我大一些,年龄也比我大出那么一小截。他是土生土长的音乐人,对当地民歌、谣曲、神调烂熟于心,又在中央音乐学院深造过,他所创作的歌曲,风格上是浓得化不开的乡土情调,冷不丁地会加进去那么点空灵缥缈的学院味道,所以大受欢迎。

音乐家打电话给我:"你想带谁就带谁,反正吃喝拉撒都由县上管,来去一周时间差不多了。"

我那时恰巧单身,就约了一位曾有过肌肤之亲的女朋友。她没有正经职业,是个跑保险的,隔三岔五到银行溜一圈,查查她所签署的那些保险单是否到账,所以乐意跟我到山区小县以著名词作家女朋友的身份散散心。

一见面,音乐家就直了眼睛将我女朋友从头细瞅到脚面。六月天,气温高,女朋友穿得少,也就是在关键部位安置了几片"盾牌",脚上穿着细高跟,又没穿丝袜,十个脚趾头像十枚红豆,不停地蹦跳。

音乐家说:"凉快是凉快,但不适合山野小路。"

女朋友天真地问:"还要到山野里去啊?"

我说:"起码,要实地看看吧。"

女朋友对音乐家说:"到了县城,我买一双旅游鞋。"

等女朋友不在跟前时,音乐家摇着满头白发说:"你干吗背着石头上山啊?"

我说:"你不是说……"

音乐家用五指梳理着头发说:"我是提醒你,别带着……县里面好女人多的是。走吧。"

音乐家的满头白发,并不代表他年纪有多大。他是少白头。但这头浓密的白发,为他的知名度和权威性帮了不少忙。

山里面果然好风景。

首先是凉,自然风;其次是绿,哪儿都是草和树;再就是静。是那种大自然悄然生长的静,让人既感到辽阔寂寞,又在心底里揣着一点疑惧的静。

这个县盛产一种野生果,秋天成熟的时候一嘟噜一嘟噜缀满枝条,像大火燃烧起来那样红,那时全绿着。女朋友就有点生气,说:"干吗不在秋天来采风创作,这野果也不能吃。"

音乐家拍拍女朋友翘起来的屁股:"现在也能吃。小冯,给女嘉宾拿瓶沙棘汁来。"

开车拉我们采风的县委宣传部司机小冯,是个不走路都气喘的大胖子。听到吩咐,像孕妇一样挺着肚子抱着几瓶黄颜色的沙棘汁摇过来,满脸满脖子的汗。

女朋友跑去接沙棘汁。她穿着音乐家在县城给她买的旅游鞋。本来是我买,音乐家说第一次见我女朋友,权当是送个见面礼。我看了一眼女朋友的背影,转过脸瞪着音乐家说:"你不该拍她的屁股。"

音乐家一脸诧异地说:"又不是你老婆。"

女朋友喝着酸甜爽口的沙棘汁严肃认真地对我说:"你真该为沙棘果写首歌。"又转过身对音乐家说:"你来谱曲吧。"

"好!"音乐家仰头灌了一气沙棘汁,说:"就凭你刚才这一笑。"

对着我是严肃认真的表情,转过身就成笑脸了?

晚饭的时候,大家都坐在圆桌边等待上菜。音乐家拿过去用来泡八宝盖碗茶的空碗,将饭桌上放着的醋壶里的醋倒在碗里,一仰脖喝了个干净,我女朋友惊讶得张大了嘴巴。

用不着大惊小怪,这里的醋特别好喝,完全可以当饮料,不信你尝尝。音乐家企图劝我女朋友也来一碗。

我沉着脸用手拦着:"别,再闹我真吃醋了。"

满桌人都哼哼哈哈地笑起来。

凌晨三点,疲惫不堪的我睡得正香,手机微信铃声叮咚叮咚响个不停,连女朋友都吵醒了,说:"啥时候了?是不是半夜鸡叫?"

我打开微信一看,是几张音乐家和一个面目模糊的女人躺在被窝里的图片。紧接着又来一条微信:"随手捡的石头。"

我赶紧关了手机,对女朋友说:"你睡你睡,是音乐家有灵感了。"

从山区县回来后,我传给音乐家两首歌词让他谱曲。大合唱的歌词,署的是书记和县长的名字,署我名的那一首歌叫《沙棘姑娘》。后来我听说,大合唱只在县上会演的时候唱过一次,倒是《沙棘姑娘》制作成手机彩铃,到现在还有人用。

我还听说,音乐家和我女朋友结婚的时候,婚礼现场播放的也是《沙棘姑娘》,纯音乐,没有歌词。

后记

  2014年是我文学创作上的一个分水岭。之前，我写作、发表了一些作品，获得了几个不大不小的文学奖项，而且从内心来讲，我还有着写作的野心，觉得自己大部头的、有分量的作品还未写出。9月份荣幸地成为鲁迅文学院第24届中青年作家高研班学员。从鲁院回来后，我悄悄地掐死了自己的所有野心，不再抱创作传世之作的梦想了。决定一切归零，像一个初学者那样，小心谨慎、缓慢持久地写起微小说来了。

  这是一种写作的感悟和觉醒。我知道，世间万事万物，都是一个个奥妙无穷的世界。写好了一个人，就是洞悉了他的一生，也表达了我所能理解和把握的一个世界。而且要在一两千字的篇幅内经营好这个人、这个事、这个情,蕴含了属于这一个的"道",没有大的境界、大的格局、大的胸怀,简直就反映不出这个"小"来。文学是描写和反映矛盾的,而任何人与事,都充满了"矛"和"盾"。

这样地写作了四年,才完成了数十篇微小说。有些刊发了,转载了,有些自己觉得还不敢拿出来面世,就让它们待在电脑的文件夹里,时不时调出来看看,改改,哪怕是一个字,一个词,一个标点,就觉得它们离我心目中的那个"大"靠近了一步。

现在,将它们集体亮相在这里,算作自己这几年对微小说这种文体写作的一个交代。